三闲集

鲁迅 著

图书在版编目（CIP）数据

三闲集/鲁迅著. —2版. —北京：人民文学出版社，2022
ISBN 978-7-02-015259-9

Ⅰ.①三… Ⅱ.①鲁… Ⅲ.①鲁迅杂文—杂文集 Ⅳ.①I210.4

中国版本图书馆 CIP 数据核字（2019）第 096364 号

责任编辑　陈彦瑾
装帧设计　陶　雷
责任印制　任　祎

出版发行　人民文学出版社
社　　址　北京市朝内大街 166 号
邮政编码　100705

印　　刷　三河市宏盛印务有限公司
经　　销　全国新华书店等

字　　数　120 千字
开　　本　880 毫米×1230 毫米　1/32
印　　张　6.125　插页 2
版　　次　1980 年 9 月北京第 1 版
　　　　　2006 年 12 月北京第 2 版
印　　次　2022 年 1 月第 1 次印刷

书　　号　978-7-02-015259-9
定　　价　26.00 元

如有印装质量问题，请与本社图书销售中心调换。电话：010-65233595

本书收作者1927年至1929年所作杂文三十四篇,末附作于1932年的《鲁迅译著书目》一篇。1932年9月由上海北新书局初版。作者生前共印行四版次。

目　　录

序言 …………………………………………………… 1

一九二七年

无声的中国 …………………………………………… 10
怎么写（夜记之一）…………………………………… 17
在钟楼上（夜记之二）………………………………… 28
辞顾颉刚教授令"候审"（并来信）…………………… 39
匪笔三篇 ……………………………………………… 42
某笔两篇 ……………………………………………… 48
述香港恭祝圣诞 ……………………………………… 51
吊与贺 ………………………………………………… 56

一九二八年

"醉眼"中的朦胧 ……………………………………… 60
看司徒乔君的画 ……………………………………… 72
在上海的鲁迅启事 …………………………………… 74
文艺与革命（并冬芬来信）…………………………… 77
扁 ……………………………………………………… 87

路	89
头	91
通信(并Y来信)	94
太平歌诀	103
铲共大观	105
我的态度气量和年纪	108
革命咖啡店	116
文坛的掌故(并徐匀来信)	120
文学的阶级性(并恺良来信)	126

一九二九年

"革命军马前卒"和"落伍者"	130
《近代世界短篇小说集》小引	133
现今的新文学的概观	135
"皇汉医学"	142
《吾国征俄战史之一页》	146
叶永蓁作《小小十年》小引	149
柔石作《二月》小引	152
《小彼得》译本序	154
流氓的变迁	158
新月社批评家的任务	162
书籍和财色	164
我和《语丝》的始终	167
鲁迅译著书目	180

序　　言

我的第四本杂感《而已集》的出版,算起来已在四年之前了。去年春天,就有朋友催促我编集此后的杂感。看看近几年的出版界,创作和翻译,或大题目的长论文,是还不能说它寥落的,但短短的批评,纵意而谈,就是所谓"杂感"者,却确乎很少见。我一时也说不出这所以然的原因。

但粗粗一想,恐怕这"杂感"两个字,就使志趣高超的作者厌恶,避之惟恐不远了。有些人们,每当意在奚落我的时候,就往往称我为"杂感家",以显出在高等文人的眼中的鄙视,便是一个证据。还有,我想,有名的作家虽然未必不改换姓名,写过这一类文字,但或者不过图报私怨,再提恐或玷其令名,或者别有深心,揭穿反有妨于战斗,因此就大抵任其消灭了。

"杂感"之于我,有些人固然看作"死症",我自己确也因此很吃过一点苦,但编集是还想编集的。只因为翻阅刊物,剪帖成书,也是一件颇觉麻烦的事,因此拖延了大半年,终于没有动过手。一月二十八日之夜,上海打起仗来了[1],越打越凶,终于使我们只好单身出走,书报留在火线下,一任它烧得精光,我也可以靠这"火的洗礼"之灵,洗掉了"不满于现状"的"杂感家"[2]这一个恶谥。殊不料三月底重回旧寓,书报却丝毫也没有损,于是就东翻西觅,开手编辑起来了,好像大病新愈的人,偏比平时更要照照自己的瘦削的脸,摩摩枯皱的皮肤似的。

我先编集一九二八至二九年的文字,篇数少得很,但除了五六回在北平上海的讲演[3],原就没有记录外,别的也仿佛并无散失。我记得起来了,这两年正是我极少写稿,没处投稿的时期。我是在二七年被血吓得目瞪口呆,离开广东的,[4]那些吞吞吐吐,没有胆子直说的话,都载在《而已集》里。但我到了上海,却遇见文豪们的笔尖的围剿了,创造社[5],太阳社[6],"正人君子"们的新月社[7]中人,都说我不好,连并不标榜文派的现在多升为作家或教授的先生们,那时的文字里,也得时常暗暗地奚落我几句,以表示他们的高明。我当初还不过是"有闲即是有钱","封建余孽"或"没落者",后来竟被判为主张杀青年的棒喝主义者了。[8]这时候,有一个从广东自云避祸逃来,而寄住在我的寓里的廖君[9],也终于悠悠的对我说道:"我的朋友都看不起我,不和我来往了,说我和这样的人住在一处。"

那时候,我是成了"这样的人"的。自己编着的《语丝》[10],实乃无权,不单是有所顾忌(详见卷末《我和〈语丝〉的始终》),至于别处,则我的文章一向是被"挤"才有的,而目下正在"剿",我投进去干什么呢。所以只写了很少的一点东西。

现在我将那时所做的文字的错的和至今还有可取之处的,都收纳在这一本里。至于对手的文字呢,《鲁迅论》和《中国文艺论战》[11]中虽然也有一些,但那都是峨冠博带的礼堂上的阳面的大文,并不足以窥见全体,我想另外搜集也是"杂感"一流的作品,编成一本,谓之《围剿集》。如果和我的这一本对比起来,不但可以增加读者的趣味,也更能明白别一面的,即阴面的战法的五花八门。这些方法一时恐怕不会失传,去年的"左翼作家都为了卢布"[12]说,就是老谱里面的一着。自问和文艺有些关系的青年,仿照固然可以不必,但也不妨知道知道的。

其实呢,我自己省察,无论在小说中,在短评中,并无主张将青年来"杀,杀,杀"[13]的痕迹,也没有怀着这样的心思。我一向是相信进化论的,总以为将来必胜于过去,青年必胜于老人,对于青年,我敬重之不暇,往往给我十刀,我只还他一箭。然而后来我明白我倒是错了。这并非唯物史观的理论或革命文艺的作品蛊惑我的,我在广东,就目睹了同是青年,而分成两大阵营,或则投书告密,或则助官捕人的事实!我的思路因此轰毁,后来便时常用了怀疑的眼光去看青年,不再无条件的敬畏了。然而此后也还为初初上阵的青年们呐喊几声,不过也没有什么大帮助。

这集子里所有的,大概是两年中所作的全部,只有书籍的序引,却只将觉得还有几句话可供参考之作,选录了几篇。当翻检书报时,一九二七年所写而没有编在《而已集》里的东西,也忽然发现了一点,我想,大约《夜记》是因为原想另成一书,讲演和通信是因为浅薄或不关紧要,所以那时不收在内的。

但现在又将这编在前面,作为《而已集》的补遗了。我另有了一样想头,以为只要看一篇讲演和通信中所引的文章,便足可明白那时香港的面目。我去讲演,一共两回,第一天是《老调子已经唱完》[14],现在寻不到底稿了,第二天便是这《无声的中国》,粗浅平庸到这地步,而竟至于惊为"邪说",禁止在报上登载的。是这样的香港。但现在是这样的香港几乎要遍中国了。

我有一件事要感谢创造社的,是他们"挤"我看了几种科学底文艺论,明白了先前的文学史家们说了一大堆,还是纠缠不清的疑问。并且因此译了一本蒲力汗诺夫的《艺术论》,[15]以救正我——还因我而及于别人——的只信进化论的偏颇。但是,我将编《中国小说史略》时所集的材料,印为《小说旧闻钞》,以省青年的检查之力,而成仿吾以无产阶级之名,指为"有闲",而且"有闲"还至于有三个,[16]却是至今还不能完全忘却的。我以为无产阶级是不会有这样锻炼周纳[17]法的,他们没有学过"刀笔"[18]。编成而名之曰《三闲集》,尚以射仿吾也。

一九三二年四月二十四日之夜,编讫并记。

* * *

[1] 指一·二八上海战事。1932年1月28日夜,日军以保护侨民为借口,向闸北地区中国守军发动进攻,中国第十九路军奋起抵抗,激战月余。日军不断增兵而中国军队未得增援,被迫撤退。国民党政府与日本签订辱国的《淞沪停战协定》。作者当时住在临近战区的北四川路底,战事发生后即避居于英租界的内山书店支店,3月19日迁回

原寓。

〔2〕 "不满于现状"的"杂感家" 梁实秋在《新月》月刊第二卷第八期(1929年10月)发表《"不满于现状",便怎样呢?》一文,其中说:"有一种人,只是一味的'不满于现状',今天说这里有毛病,明天说那里有毛病,有数不清的毛病,于是也有无穷尽的杂感,等到有些个人开了药方,他格外的不满……好像惟恐一旦现状令他满意起来,他就没有杂感可作的样子。"

〔3〕 作者于1927年10月从广州到上海后,曾先后应邀在一些学校讲演。10月25日在劳动大学作题为《关于智识阶级》的讲演,现收入《集外集拾遗补编》。10月28日在立达学园作题为《伟人的化石》的讲演,讲稿未详。11月2日在复旦大学作题为《革命文学》的讲演,有萧立记录稿,发表于1928年5月9日上海《新闻报·学海》。16日在光华大学讲演,有洪绍统、郭子雄记录稿,发表于《光华》周刊第二卷第七期(1927年11月28日),由编者加题为《文学与社会》。17日在大夏大学讲演,题目和讲稿未详。12月21日在暨南大学作题为《文艺与政治的歧途》的讲演,后收入《集外集》。此后,1928年5月15日在江湾复旦实验中学作题为《老而不死论》的讲演,讲稿未详。11月10日在大陆大学讲演,题目、讲稿未详。1929年12月4日在暨南大学作题为《离骚与反离骚》的讲演,有郭博如记录稿,发表于《暨南校刊》第二十八——三十二期合刊(1930年1月18日)。1929年5月,作者到北平省亲,于5月22日在燕京大学作题为《现今的新文学的概观》的讲演,后收入本书。5月29日在北京大学第二院、6月2日上午在第二师范学院、同日晚间在第一师范学院讲演,题目、讲稿均未详。

〔4〕 广州国民党当局执行蒋介石"清党"指示,发动"四一五"事变,搜捕共产党人和革命人士二千余人,其中杀害二百多人。当时作者在中山大学担任文学系主任兼教务主任,因营救被捕学生无效,忿而辞

去一切职务,于9月间离广州去上海。

〔5〕 创造社 文学团体,1921年6月成立于东京。主要成员有郭沫若、郁达夫、成仿吾等。它初期的文学倾向是浪漫主义,带有反帝、反封建的色彩。第一次国内革命战争期间,郭沫若、成仿吾等先后参加革命实际工作。1927年该社倡导无产阶级革命文学运动,同时增加了冯乃超、彭康、李初梨等从国外回来的新成员。1928年,创造社和另一提倡无产阶级文学的太阳社对鲁迅的批评和鲁迅对他们的反驳,形成了一次以革命文学问题为中心的论争。1929年2月,该社被国民党封闭。它曾先后编辑出版《创造》(季刊)、《创造周报》、《创造日》、《洪水》、《创造月刊》、《文化批判》等刊物,以及《创造丛书》。关于革命文学论争,参看本书第66页注〔1〕。

〔6〕 太阳社 文学团体,1928年成立于上海。主要成员有蒋光慈、钱杏邨、洪灵菲等。1928年1月出版《太阳月刊》,提倡革命文学。1930年中国左翼作家联盟成立后,该社自行解散。关于太阳社和鲁迅在1928年的论争,参看本书第66页注〔1〕。

〔7〕 新月社 文学和政治性团体,1923年成立于北京。主要成员有胡适、徐志摩、陈源、梁实秋、闻一多、罗隆基等。取名于印度诗人泰戈尔的《新月集》。该社曾以诗社名义于1926年4月1日至6月10日在北京《晨报副刊》出过《诗镌》(周刊),提倡现代格律诗。1927年春在上海创办新月书店,1928年3月出版综合性的《新月》月刊,主张"英国式"民主政治。新月社主要成员曾因办《现代评论》杂志而又被称为"现代评论派"。"正人君子",1925年北京女子师范大学事件时,拥护北洋政府的《大同晚报》在8月7日的一篇报导中,称现代评论派(后为新月派)的陈源等人为"东吉祥派的正人君子"。

〔8〕 "有闲即是有钱" 见《文化批判》第二号(1928年2月)李

初梨的《怎样地建设革命文学》。该文引用成仿吾说鲁迅等是"有闲阶级"的话,并说:"我们知道,在现在的资本主义社会,有闲阶级,就是有钱阶级。""没落者",见《创造月刊》第一卷第十一期(1928年5月)石厚生(成仿吾)的《毕竟是"醉眼陶然"罢了》:"传闻他(按指鲁迅)近来颇购读社会科学书籍,'但即刻又有一点不小问题':他是真要做一个社会科学的忠实的学徒吗?还是只涂抹彩色,粉饰自己的没落呢?这后一条路是掩耳盗铃式的行为,是更深更不可救药的没落。""封建余孽"和棒喝主义者,见《创造月刊》第二卷第一期(1928年8月)杜荃(郭沫若)的《文艺战线上的封建余孽》:"他是资本主义以前的一个封建余孽。资本主义对于社会主义是反革命,封建余孽对于社会主义是二重的反革命。鲁迅是二重性的反革命的人物。以前说鲁迅是新旧过渡期的游移分子,说他是人道主义者,这是完全错了。他是一位不得志的Fascist(法西斯谛)!"按法西斯谛,当时有人译为棒喝主义。

〔9〕 廖君 即廖立峨(1903—1962),广东兴宁人。原为厦门大学学生,1927年1月随鲁迅转学中山大学。1928年与其妻等到沪,寄寓鲁迅家中。

〔10〕《语丝》 文艺性周刊,最初由孙伏园等编辑,1924年11月17日在北京创刊,1927年10月被奉系军阀张作霖查禁,随后移至上海续刊。1930年3月10日出至第五卷第五十二期停刊。鲁迅是它的主要撰稿人和支持者之一。该刊在上海出版后,鲁迅编辑了1927年12月17日第四卷第一期至1929年1月7日第四卷第五十二期。

〔11〕《鲁迅论》和《中国文艺论战》 均为李何林编辑,上海北新书局分别于1930年3月和1929年10月出版。前者收入1923年至1929年间关于鲁迅及其作品的评论文章二十四篇,后者收入1928年革命文学运动中各派的论争文章四十六篇。

〔12〕 "左翼作家都为了卢布" 这是当时一些报刊对进步作家的诬陷。如1930年5月14日上海《民国日报·觉悟》刊载的《解放中国文坛》中说,进步作家"受了赤色帝国主义的收买,受了苏俄卢布的津贴";1931年2月6日上海小报《金钢钻报》刊载的《鲁迅加盟左联的动机》中说,"共产党最初以每月八十万卢布,在沪充文艺宣传费,造成所谓普罗文艺"等等。

〔13〕 "杀,杀,杀" 这是杜荃在《文艺战线上的封建余孽》一文中说的话:"杀哟!杀哟!杀哟!杀尽一些可怕的青年!而且赶快!这是这位'老头子'(按指鲁迅)的哲学,于是乎而'老头子'不死了。"

〔14〕 按《老调子已经唱完》曾发表于1927年3月广州《国民新闻·新时代》,后由许广平编入《集外集拾遗》;又据鲁迅日记,这篇讲演作于1927年2月19日,即作者去香港的第二天,第一天的讲演是《无声的中国》。

〔15〕 蒲力汗诺夫(Г. В. Плеханов,1856—1918) 通译普列汉诺夫,俄国早期的马克思主义理论家,后来成为孟什维克和第二国际的首领之一。《艺术论》,内收普列汉诺夫的四篇论文:《论艺术》、《原始民族的艺术》、《再论原始民族的艺术》、《论文集〈二十年间〉第三版序》,1930年7月上海光华书局出版,为《科学的艺术论丛书》之一。

〔16〕 成仿吾(1897—1984) 笔名石厚生,湖南新化人,文学评论家,创造社主要成员。早期主张文艺"表现自我",追求"纯文艺";后转向革命,倡导革命文学。他在《洪水》第三卷第二十五期(1927年1月)《完成我们的文学革命》一文中,说"鲁迅先生坐在华盖之下正在抄他的小说旧闻",是一种"以趣味为中心的文艺","后面必有一种以趣味为中心的生活基调";并说:"这种以趣味为中心的生活基调,它所暗示着的是一种在小天地中自己骗自己的自足,它所矜持着的是闲暇,闲

暇,第三个闲暇。"

〔17〕 锻炼周纳　意思是罗织罪名,陷人于法。语出《汉书·路温舒传》:"上奏畏却,则锻炼而周内之。"

〔18〕 "刀笔"　这里指刀笔吏(讼师)罗织人罪的手法。《创造月刊》第二卷第二期(1928年9月)所刊克兴的《驳甘人的"拉杂一篇"》中说鲁迅"拿出他本来的刀笔,尖酸刻薄的冷诮热骂"。

一九二七年

无声的中国[1]

——二月十六日在香港青年会[2]讲

以我这样没有什么可听的无聊的讲演,又在这样大雨的时候,竟还有这许多来听的诸君,我首先应当声明我的郑重的感谢。

我现在所讲的题目是:《无声的中国》。

现在,浙江,陕西,都在打仗,[3]那里的人民哭着呢还是笑着呢,我们不知道。香港似乎很太平,住在这里的中国人,舒服呢还是不很舒服呢,别人也不知道。

发表自己的思想,感情给大家知道的是要用文章的,然而拿文章来达意,现在一般的中国人还做不到。这也怪不得我们;因为那文字,先就是我们的祖先留传给我们的可怕的遗产。人们费了多年的工夫,还是难于运用。因为难,许多人便不理它了,甚至于连自己的姓也写不清是张还是章,或者简直不会写,或者说道:Chang。虽然能说话,而只有几个人听到,远处的人们便不知道,结果也等于无声。又因为难,有些人便当作宝贝,像玩把戏似的,之乎者也,只有几个人懂,——其实是不知道可真懂,而大多数的人们却不懂得,结果也等于无声。

文明人和野蛮人的分别,其一,是文明人有文字,能够把他们的思想,感情,藉此传给大众,传给将来。中国虽然有文字,现在却已经和大家不相干,用的是难懂的古文,讲的是陈旧的古意思,所有的声音,都是过去的,都就是只等于零的。所以,大家不能互相了解,正像一大盘散沙。

将文章当作古董,以不能使人认识,使人懂得为好,也许是有趣的事罢。但是,结果怎样呢？是我们已经不能将我们想说的话说出来。我们受了损害,受了侮辱,总是不能说出些应说的话。拿最近的事情来说,如中日战争,拳匪事件,民元革命[4]这些大事件,一直到现在,我们可有一部像样的著作？民国以来,也还是谁也不作声。反而在外国,倒常有说起中国的,但那都不是中国人自己的声音,是别人的声音。

这不能说话的毛病,在明朝是还没有这样厉害的;他们还比较地能够说些要说的话。待到满洲人以异族侵入中国,讲历史的,尤其是讲宋末的事情的人被杀害了,讲时事的自然也被杀害了。所以,到乾隆年间,人民大家便更不敢用文章来说话了。[5]所谓读书人,便只好躲起来读经,校刊古书,做些古时的文章,和当时毫无关系的文章。有些新意,也还是不行的;不是学韩,便是学苏。韩愈苏轼[6]他们,用他们自己的文章来说当时要说的话,那当然可以的。我们却并非唐宋时人,怎么做和我们毫无关系的时候的文章呢。即使做得像,也是唐宋时代的声音,韩愈苏轼的声音,而不是我们现代的声音。然而直到现在,中国人却还要着这样的旧戏法。人是有的,没有声音,寂寞得很。——人会没有声音的么?没有,可以说:是死了。倘要说得客气一点,那就是:已经哑了。

要恢复这多年无声的中国,是不容易的,正如命令一个死掉的人道:"你活过来!"我虽然并不懂得宗教,但我以为正如想出现一个宗教上之所谓"奇迹"一样。

首先来尝试这工作的是"五四运动"前一年,胡适之先生所提倡的"文学革命"[7]。"革命"这两个字,在这里不知道可害怕,有些地方是一听到就害怕的。但这和文学两字连起来的"革命",却没有法国革命[8]的"革命"那么可怕,不过是革新,改换一个字,就很平和了,我们就称为"文学革新"罢,中国文字上,这样的花样是很多的。那大意也并不可怕,不过说:我们不必再去费尽心机,学说古代的死人的话,要说现代的活人的话;不要将文章看作古董,要做容易懂得的白话的文章。然而,单是文学革新是不够的,因为腐败思想,能用古文做,也能用白话做。所以后来就有人提倡思想革新。思想革新的结果,是发生社会革新运动。这运动一发生,自然一面就发生反动,于是便酿成战斗……。

但是,在中国,刚刚提起文学革新,就有反动了。不过白话文却渐渐风行起来,不大受阻碍。这是怎么一回事呢?就因为当时又有钱玄同先生提倡废止汉字,用罗马字母来替代[9]。这本也不过是一种文字革新,很平常的,但被不喜欢改革的中国人听见,就大不得了了,于是便放过了比较的平和的文学革命,而竭力来骂钱玄同。白话乘了这一个机会,居然减去了许多敌人,反而没有阻碍,能够流行了。

中国人的性情是总喜欢调和,折中的。譬如你说,这屋子太暗,须在这里开一个窗,大家一定不允许的。但如果你主张拆掉屋顶,他们就会来调和,愿意开窗了。没有更激烈的主张,他们总连平和的改革也不肯行。那时白话文之得以通行,就因为有废掉中国字而用罗马字母的议论的缘故。

其实,文言和白话的优劣的讨论,本该早已过去了,但中国是总不肯早早解决的,到现在还有许多无谓的议论。例如,有的说:古文各省人都能懂,白话就各处不同,反而不能互相了解了。殊不知这只要教育普及和交通发达就好,那时就人人都能懂较为易解的白话文;至于古文,何尝各省人都能懂,便是一省里,也没有许多人懂得的。有的说:如果都用白话文,人们便不能看古书,中国的文化就灭亡了。其实呢,现在的人们大可以不必看古书,即使古书里真有好东西,也可以用白话来译出的,用不着那么心惊胆战。他们又有人说,外国尚且译中国书,足见其好,我们自己倒不看么?殊不知埃及的古书,外国人也译,非洲黑人的神话,外国人也译,他们别有用意,即使译出,也算不了怎样光荣的事的。

近来还有一种说法,是思想革新紧要,文字改革倒在其次,所以不如用浅显的文言来作新思想的文章,可以少招一重反对。这话似乎也有理。然而我们知道,连他长指甲都不肯剪去的人,是决不肯剪去他的辫子的。

因为我们说着古代的话,说着大家不明白,不听见的话,已经弄得像一盘散沙,痛痒不相关了。我们要活过来,首先就须由青年们不再说孔子孟子和韩愈柳宗元[10]们的话。时代不同,情形也两样,孔子时代的香港不这样,孔子口调的"香港论"是无从做起的,"吁嗟阔哉香港也",不过是笑话。

我们要说现代的,自己的话;用活着的白话,将自己的思想,感情直白地说出来。但是,这也要受前辈先生非笑的。他们说白话文卑鄙,没有价值;他们说年青人作品幼稚,贻笑大方。我们中国能做文言的有多少呢,其余的都只能说白话,难道这许多中国人,就都是卑鄙,没有价值的么?至于幼稚,尤其没有什么可羞,正如孩子对于老人,毫没有什么可羞一样。幼稚是会生长,会成熟的,只不要衰老,腐败,就好。倘说待到纯熟了才可以动手,那是虽是村妇也不至于这样蠢。她的孩子学走路,即使跌倒了,她决不至于叫孩子从此躺在床上,待到学会了走法再下地面来的。

青年们先可以将中国变成一个有声的中国。大胆地说话,勇敢地进行,忘掉了一切利害,推开了古人,将自己的真心的话发表出来。——真,自然是不容易的。譬如态度,就不容易真,讲演时候就不是我的真态度,因为我对朋友,孩子说话时候的态度是不这样的。——但总可以说些较真的话,发些较真的声音。只有真的声音,才能感动中国的人和世界的人;必须有了真的声音,才能和世界的人同在世界上生活。

我们试想现在没有声音的民族是那几种民族。我们可听到埃及人的声音?可听到安南[11],朝鲜的声音?印度除了泰戈尔[12],别的声音可还有?

我们此后实在只有两条路:一是抱着古文而死掉,一是舍掉古文而生存。

＊　　＊　　＊

〔1〕 本篇最初刊载于香港报纸(报纸名称及日期未详),1927年3月23日汉口《中央日报》副刊转载。据鲁迅日记,这篇讲演作于2月18日。

〔2〕 青年会　即基督教青年会,基督教进行社会文化活动的机构之一。

〔3〕 这里说的浙江陕西在打仗,指1926年末至1927年初北洋军阀孙传芳在浙江进攻与广州国民政府有联系的陈仪、周凤歧等部,和1926年12月冯玉祥所部国民军在陕西与北洋镇嵩军的战争。

〔4〕 中日战争　指1894年(甲午)日本军国主义侵略中国而引起的战争。拳匪事件,指1900年中国北方爆发的义和团运动。民元革命,即1911年(辛亥)孙中山领导的推翻清王朝、建立民国的民主革命。

〔5〕 指清初统治者多次施于汉族人民的文字狱,其中较著名的有康熙年间的"庄廷鑨之狱"、"戴名世之狱",雍正年间的"吕留良曾静之狱",乾隆年间的"胡中藻之狱"等。这些文字狱的起因,都是由于他们在著作中记载了汉族人民在历史上(特别是宋末和明末)反抗民族压迫的事实,或涉嫌触犯清朝的统治,因而遭到迫害和屠杀。

〔6〕 韩愈(768—824)　字退之,河阳(今河南孟县)人,自称郡望昌黎,唐代文学家,著有《韩昌黎集》。苏轼(1037—1101),字子瞻,号东坡居士,眉山(今属四川)人,宋代文学家,著有《东坡全集》等。

〔7〕 胡适之(1891—1962)　名适,字适之,安徽绩溪人。他在"五四"时期是新文化运动的代表人物之一。这里所说他提倡"文学革命",是指他在《新青年》杂志第四卷第四号(1918年4月)发表的《建设的文学革命论》一文。

〔8〕 法国革命　指1789年至1794年的法国资产阶级革命。这

次革命摧毁了法国封建专制制度,促进了法国资本主义的发展,并推动了欧洲各国的革命。

〔9〕 钱玄同(1887—1939) 浙江吴兴人,文字学家,"五四"时期新文化运动的积极参加者。他在1918年1月《新青年》第四卷第一号《论注音字母》一文中说过,"高等字典和中学以上的高深书籍,都应该用罗马字母记音";在同年4月《新青年》第四卷第四号《中国今后之文字问题》的"通信"中,提出"废灭汉文",代以世界语的主张。

〔10〕 孔子(前551—前479) 名丘,字仲尼,春秋末期鲁国陬邑(今山东曲阜)人,儒家学派创始人。他的主要言行记载在《论语》一书中。孟子(约前372—前289),名轲,字子舆,战国中期邹(今山东邹县)人,继孔子之后儒家的代表人物。他的重要言行记载在《孟子》一书中。柳宗元(773—819),字子厚,河东(今山西运城)人,唐代文学家,著有《柳河东集》等。

〔11〕 安南 越南的旧称。1803年其国号已改为越南,但中国民间仍沿用旧称。

〔12〕 泰戈尔(R. Tagore,1861—1941) 印度诗人,著有诗集《新月集》、《飞鸟集》和长篇小说《沉船》等。

怎 么 写[1]

——夜 记 之 一

写什么是一个问题,怎么写又是一个问题。

今年不大写东西,而写给《莽原》[2]的尤其少。我自己明白这原因。说起来是极可笑的,就因为它纸张好。有时有一点杂感,子细一看,觉得没有什么大意思,不要去填黑了那么洁白的纸张,便废然而止了。好的又没有。我的头里是如此地荒芜,浅陋,空虚。

可谈的问题自然多得很,自宇宙以至社会国家,高超的还有文明,文艺。古来许多人谈过了,将来要谈的人也将无穷无尽。但我都不会谈。记得还是去年躲在厦门岛上的时候,因为太讨人厌了,终于得到"敬鬼神而远之"[3]式的待遇,被供在图书馆楼上的一间屋子里。白天还有馆员,钉书匠,阅书的学生,夜九时后,一切星散,一所很大的洋楼里,除我以外,没有别人。我沉静下去了。寂静浓到如酒,令人微醺。望后窗外骨立的乱山中许多白点,是丛冢;一粒深黄色火,是南普陀寺的琉璃灯。前面则海天微茫,黑絮一般的夜色简直似乎要扑到心坎里。我靠了石栏远眺,听得自己的心音,四远还仿佛有无量悲哀,苦恼,零落,死灭,都杂入这寂静中,使它变成药酒,加色,加味,加香。这时,我曾经想要写,但是不能写,无从写。这也就是我所谓"当我沉默着的时候,我觉得充实,我将开口,同时感到空虚"〔4〕。

莫非这就是一点"世界苦恼"〔5〕么?我有时想。然而大约又不是的,这不过是淡淡的哀愁,中间还带些愉快。我想接近它,但我愈想,它却愈渺茫了,几乎就要发见仅只我独自倚着石栏,此外一无所有。必须待到我忘了努力,才又感到淡淡的哀愁。

那结果却大抵不很高明。腿上钢针似的一刺,我便不假思索地用手掌向痛处直拍下去,同时只知道蚊子在咬我。什么哀愁,什么夜色,都飞到九霄云外去了,连靠过的石栏也不再放在心里。而且这还是现在的话,那时呢,回想起来,是连不将石栏放在心里的事也没有想到的。仍是不假思索地走进房里去,坐在一把唯一的半躺椅——躺不直的藤椅子——上,抚摩着蚊喙的伤,直到它由痛转痒,渐渐肿成一个小疙瘩。我也就从抚摩转成搔,掐,直到它由痒转痛,比较地能够打熬。

此后的结果就更不高明了,往往是坐在电灯下吃柚子。

虽然不过是蚊子的一叮,总是本身上的事来得切实。能不写自然更快活,倘非写不可,我想,也只能写一些这类小事情,而还万不能写得正如那一天所身受的显明深切。而况千叮万叮,而况一刀一枪,那是写不出来的。

尼采爱看血写的书〔6〕。但我想,血写的文章,怕未必有罢。文章总是墨写的,血写的倒不过是血迹。它比文章自然更惊心动魄,更直截分明,然而容易变色,容易消磨。这一点,就要任凭文学逞能,恰如冢中的白骨,往古来今,总要以它的永久来傲视少女颊上的轻红似的。

能不写自然更快活,倘非写不可,我想,就是随便写写罢,横竖也只能如此。这些都应该和时光一同消逝,假使会比血迹永远鲜活,也只足证明文人是侥幸者,是乖角儿。但真的血写的书,当然不在此例。

当我这样想的时候,便觉得"写什么"倒也不成什么问题了。

"怎样写"的问题,我是一向未曾想到的。初知道世界上有着这么一个问题,还不过两星期之前。那时偶然上街,偶然走进丁卜书店去,偶然看见一叠《这样做》[7],便买取了一本。这是一种期刊,封面上画着一个骑马的少年兵士。我一向有一种偏见,凡书面上画着这样的兵士和手捏铁锄的农工的刊物,是不大去涉略的,因为我总疑心它是宣传品。发抒自己的意见,结果弄成带些宣传气味了的伊孛生[8]等辈的作品,我看了倒并不发烦。但对于先有了"宣传"两个大字的题目,然后发出议论来的文艺作品,却总有些格格不入,那不能直吞下去的模样,就和雉诵[9]教训文学的时候相同。但这《这样做》却又有些特别,因为我还记得日报上曾经说过,是和我有关系的。也是凡事切己,则格外关心的一例罢,我便再不怕书面上的骑马的英雄,将它买来了。回来后一检查剪存的旧报,还在的,日子是三月七日,可惜没有注明报纸的名目,但不是《民国日报》,便是《国民新闻》[10],因为我那时所看的只有这两种。下面抄一点报上的话:

"自鲁迅先生南来后,一扫广州文学之寂寞,先后创办者有《做什么》,《这样做》两刊物。闻《这样做》为革命文学社定期出版物之一,内容注重革命文艺及本党主义之宣传。……"

开首的两句话有些含混,说我都与闻其事的也可以,说因我"南来"了而别人创办的也通。但我是全不知情。当初将日报剪存,大概是想调查一下的,后来却又忘却,搁下了。现在还记得《做什么》[11]出版后,曾经送给我五本。我觉得这团体是共产青年主持的,因为其中有"坚如","三石"等署名,该是毕磊[12],通信处也是他。他还曾将十来本《少年先锋》[13]送给我,而这刊物里面则分明是共产青年所作的东西。果然,毕磊君大约确是共产党,于四月十八日从中山大学被捕。据我的推测,他一定早已不在这世上了,这看去很是瘦小精干的湖南的青年。

《这样做》却在两星期以前才见面,已经出到七八期合册了。第六期没有,或者说被禁止,或者说未刊,莫衷一是,我便买了一本七八合册和第五期。看日报的记事便知道,这该是和《做什么》反对,或对立的。我拿回来,倒看上去,通讯栏里就这样说:"在一般CP[14]气焰盛张之时,……而你们一觉悟起来,马上退出CP,不只是光退出便了事,尤其值得CP气死的,就是破天荒的接二连三的退出共产党登报声明。……"那么,确是如此了。

这里又即刻出了一个问题。为什么这么大相反对的两种刊物,都因我"南来"而"先后创办"呢?这在我自己,是容易解答的:因为我新来而且灰色。但要讲起来,怕又有些话长,现在姑且保留,待有相当的机会时再说罢。

这回且说我看《这样做》。看过通讯,懒得倒翻上去了,于是看目录。忽而看见一个题目道:《郁达夫先生休矣》[15],便又起了好奇心,立刻看文章。这还是切己的琐事总比世界的哀愁关心的老例,达夫先生是我所认识的,怎么要他"休矣"了呢?急于要知道。假使说的是张龙赵虎,或是我素昧平生的伟人,老实说罢,我决不会如此留心。

原来是达夫先生在《洪水》[16]上有一篇《在方向转换的途中》,说这一次的革命是阶级斗争的理论的实现,而记者则以为是民族革命的理论的实现。大约还有英雄主义不适宜于今日等类的话罢,所以便被认为"中伤"和"挑拨离间",非"休矣"不可了。

我在电灯下回想,达夫先生我见过好几面,谈过好几回,只觉他稳健和平,不至于得罪于人,更何况得罪于国。怎么一下子就这么流于"偏激"了?我倒要看看《洪水》。

这期刊,听说在广西是被禁止的了,广东倒还有。我得到的是第三卷第二十九至三十二期。照例的坏脾气,从三十二期倒看上去,不久便翻到第一篇《日记文学》,也是达夫先生做的,于是便不再去寻《在方向转换的途中》,变成看谈文学了。我这种模模胡胡的看法,自己也明知道是不对的,但"怎么写"的问题,却就出在那里面。

作者的意思,大略是说凡文学家的作品,多少总带点自叙传的色彩的,若以第三人称来写出,则时常有误成第一人称的地方。而且叙述这第三人称的主人公的心理状态过于详细时,读者会疑心这别人的心思,作者何以会晓得得这样精细?于是那一种幻灭之感,就使文学的真实性消失了。所以散文作品中最便当的体裁,是日记体,其次是书简体。

这诚然也值得讨论的。但我想,体裁似乎不关重要。上文的第一缺点,是读者的粗心。但只要知道作品大抵是作者借别人以叙自己,或以自己推测别人的东西,便不至于感到幻灭,即使有时不合事实,然而还是真实。其真实,正与用第三人称时或误用第一人称时毫无不同。倘有读者只执滞于体裁,只求没有破绽,那就以看新闻记事为宜,对于文艺,活该幻灭。而其幻灭也不足惜,因为这不是真的幻灭,正如查不出大观园的遗迹,而不满于《红楼梦》[17]者相同。倘作者如此牺牲了抒写的自由,即使极小部分,也无异于削足适履的。

第二种缺陷,在中国也已经是颇古的问题。纪晓岚攻击蒲留仙的《聊斋志异》,[18]就在这一点。两人密语,决不肯泄,又不为第三人所闻,作者何从知之?所以他的《阅微草堂笔记》,竭力只写事状,而避去心思和密语。但有时又落了自设的陷阱,于是只得以《春秋左氏传》的"浑良夫梦中之噪"来解嘲。[19]他的支绌的原因,是在要使读者信一切所写为事实,靠事实来取得真实性,所以一与事实相左,那真实性也随即灭亡。如果他先意识到这一切是创作,即是他个人的造作,便自然没有一切挂碍了。

一般的幻灭的悲哀,我以为不在假,而在以假为真。记得年幼时,很喜欢看变戏法,猢狲骑羊,石子变白鸽,最末是将一个孩子刺死,盖上被单,一个江北口音的人向观众装出撒钱模样道:Huazaa! Huazaa![20]大概是谁都知道,孩子并没有死,喷出来的是装在刀柄里的苏木汁[21],Huazaa一够,他便会跳起来的。但还是出神地看着,明明意识着这是戏法,而全心沉浸在这戏法中。万一变戏法的定要做得真实,买了小棺材,装进孩子去,哭着抬走,倒反索然无味了。这时候,连戏法的真实也消失了。

我宁看《红楼梦》,却不愿看新出的《林黛玉日记》[22],它一页能够使我不舒服小半天。《板桥家书》[23]我也不喜欢看,不如读他的《道情》。我所不喜欢的是他题了家书两个字。那么,为什么刻了出来给许多人看的呢?不免有些装腔。幻灭之来,多不在假中见真,而在真中见假。日记体,书简体,写起来也许便当得多罢,但也极容易起幻灭之感;而一起则大抵很厉害,因为它起先模样装得真。

《越缦堂日记》[24]近来已极风行了,我看了却总觉得他每次要留给我一点很不舒服的东西。为什么呢?一是钞上谕。大概是受了何焯[25]的故事的影响的,他提防有一天要蒙"御览"。二是许多墨涂。写了尚且涂去,该有许多不写的罢?三是早给人家看,钞,自以为一部著作了。我觉得从中看不见李慈铭的心,却时时看到一些做作,仿佛受了欺骗。翻翻一部小说,虽是很荒唐,浅陋,不合理,倒从来不起这样的感觉的。

听说后来胡适之先生也在做日记,并且给人传观了。照文学进化的理论讲起来,一定该好得多。我希望他提前陆续的印出。

但我想,散文的体裁,其实是大可以随便的,有破绽也不妨。做作的写信和日记,恐怕也还不免有破绽,而一有破绽,便破灭到不可收拾了。与其防破绽,不如忘破绽。

※　　※　　※

〔1〕 本篇最初发表于 1927 年 10 月 10 日北京《莽原》半月刊第十八、十九期合刊。

〔2〕 《莽原》 文艺刊物,1925 年 4 月 24 日在北京创刊,初为周刊,附《京报》发行,鲁迅编辑。1926 年 1 月改为半月刊,由未名社出版发行。同年 8 月鲁迅离开北京后,由韦素园编辑,出至 1927 年 12 月停刊。

〔3〕 敬鬼神而远之　语出《论语·雍也》:"樊迟问知。子曰:'务民之义,敬鬼神而远之,可谓知矣。'"

〔4〕 这是作者在《野草·题辞》中所说的话。

〔5〕 "世界苦恼"(Weltschmerz)　原为奥地利诗人莱瑙(N. Lenau,1802—1850)的话,意思说人们生活在世上是苦恼的;后来有些文艺家引用它来解释文艺创作,认为创作起因于这种苦恼的感觉。

〔6〕 尼采(F. Nietzsche,1844—1900)　德国哲学家、诗人。著有《悲剧的诞生》、《扎拉图斯特拉如是说》等。他在《扎拉图斯特拉如是说·读与写》中说:"在一切著作中,吾所爱者,惟用血写之著作。"(据萧赣译文,商务印书馆出版)

〔7〕 《这样做》　旬刊,1927 年 3 月 27 日在广州创刊,孔圣裔(共产党的叛徒)主编,"革命文学社"编辑发行。它自称"努力革命文化的宣传",却配合国民党的反共政策。

〔8〕 伊孛生(H. Ibsen,1828—1906)　通译易卜生,挪威剧作家。

他的作品批判资产阶级社会的虚伪、庸俗,提出婚姻、家庭和社会的改革问题。剧本有《玩偶之家》、《国民公敌》等。

〔9〕 雒诵 一作洛诵,语出《庄子·大宗师》。清王先谦集解:"谓连络诵之,犹言反复读之。"

〔10〕《民国日报》 1923年国民党在广州创办的报纸,1937年改名为《中山日报》。《国民新闻》,1925年国民党人在广州创办的报纸,初期宣传革命,"四一二"政变后被国民党当局控制。

〔11〕《做什么》 周刊,中国共产党广东区委学生运动委员会的机关刊物,1927年2月7日创刊,毕磊主编,广州国光书店发行。

〔12〕 毕磊(1902—1927) 笔名坚如、三石,湖南澧县人。当时为中山大学英文系学生,曾任中共广东区委学生运动委员会副书记,在广州"四一五"反共事变中被捕牺牲。

〔13〕《少年先锋》 旬刊,中国共产主义青年团广东区委员会机关刊物,1926年9月1日创刊,李伟森等先后主编,广州国光书店发行。

〔14〕 C. P. 英语Communist Party的缩写,即共产党。

〔15〕 郁达夫(1896—1945) 浙江富阳人,作家,创造社主要成员之一。他在《洪水》第三卷第二十九期(1927年4月)发表《在方向转换的途中》,认为第一次国内革命战争是"中国全民众的要求解放运动","是马克斯的阶级斗争理论的实现",而"足以破坏我们目下革命运动的最大危险"是"封建时代的英雄主义"。并说:"光凭一两个英雄,来指使民众,利用民众,是万万办不到的事情。真正识时务的革命领导者,应该一步不离开民众,以民众的利害为利害,以民众的敌人为敌人,万事要听民众的指挥,要服从民众的命令才行。若有一二位英雄,以为这是迂阔之谈,那么你们且看着,且看你们个人独裁的高压政策,能够持续几何时。"《这样做》第七、八期合刊(1927年6月)发表孔

圣裔的《郁达夫先生休矣》一文,攻击说:"我意料不到,万万意料不到郁达夫先生的论调,竟是中国共产党攻击我们劳苦功高的蒋介石同志的论调,什么英雄主义,个人独裁的高压政策。""郁达夫先生!你现在做了共产党的工具,还是想跑去武汉方面升官发财,特使来托托共产党的大脚?"

〔16〕《洪水》 创造社刊物,1924年8月20日创办于上海,初为周刊,仅出一期;1925年9月改出半月刊,1927年12月停刊。

〔17〕《红楼梦》 长篇小说,清代曹雪芹著。通行本为一百二十回,后四十回一般认为是高鹗续作。大观园是书中人物生活的场所。

〔18〕 纪晓岚(1724—1805) 名昀,字晓岚,直隶献县(今属河北)人,清代文学家。著有笔记小说《阅微草堂笔记》(包括《滦阳消夏录》、《如是我闻》、《槐西杂志》、《姑妄听之》、《滦阳续录》五种)。他的门人盛时彦在《姑妄听之》的《跋》中,记有他批评《聊斋志异》的话:"先生(按指纪昀)尝曰,'《聊斋志异》,盛行一时,然才子之笔,非著书者之笔也……小说既述见闻,即属叙事,不比戏场关目,随意装点,……今燕昵之词,蝶狎之态,细微曲折,摹绘如生,使出自言,似无此理;使出作者代言,则何从而闻见之,又所未解也。'"蒲留仙(1640—1715),名松龄,字留仙,山东淄川(今淄博)人,清代小说家。《聊斋志异》是他的一部短篇小说集。

〔19〕 纪晓岚在《阅微草堂笔记·槐西杂志》中,记了旁人所谈的一个读书人受鬼奚落的故事,末段是:"余曰:'此先生玩世之寓言耳。此语既未亲闻,又旁无闻者,岂此士人为鬼揶揄,尚肯自述耶?'先生掀髯曰:'钼麎槐下之辞,浑良夫梦中之噪,谁闻之欤!'""浑良夫梦中之噪",见《春秋左氏传》哀公十七年:"(秋,七月)卫侯梦于北宫,见人登昆吾之观,被长发北面而噪曰:'登此昆吾之虚,绵绵生之瓜。余为浑良

夫,叫天无辜!'"按浑良夫原系卫臣,这年春天被卫太子所杀,所以书中说卫侯在梦中见他披发大叫。《春秋左氏传》,是一部用史实解释《春秋》的书,相传为春秋时鲁国人左丘明撰。

〔20〕 Huazaa 用拉丁字母拼写的象声词,译音似"哗嚓",形容撒钱的声音。

〔21〕 苏木汁 苏木是常绿小乔木,心材称"苏方"。苏木汁即用"苏方"制成的红色溶液,可作染料。

〔22〕《林黛玉日记》 一部假托《红楼梦》中人物林黛玉口吻的日记体小说,喻血轮作,1918年上海广文书局出版。

〔23〕《板桥家书》 清代郑燮作。郑燮(1693—1765),字克柔,号板桥,江苏兴化人,文学家、书画家。他的《家书》收书信十封。另有《道情》,收《老渔翁》、《老头陀》等十首。道情,原系道士唱的歌曲,后来演变为一种民间曲调。

〔24〕《越缦堂日记》 清代李慈铭著,1920年商务印书馆曾经影印出版。

〔25〕 何焯(1661—1722) 字屺瞻,江苏长洲(今吴县)人,清代校勘家。康熙时官至编修,因事入狱,所藏书籍(包括他自己的著作)都被没收。康熙帝对这些书曾亲作检查,因未发现罪证,准予免罪并发还藏书。

在 钟 楼 上[1]

——夜记之二

也还是我在厦门的时候,柏生[2]从广州来,告诉我说,爱而[3]君也在那里了。大概是来寻求新的生命的罢,曾经写了一封长信给K委员[4],说明自己的过去和将来的志望。

"你知道有一个叫爱而的么?他写了一封长信给我,我没有看完。其实,这种文学家的样子,写长信,就是反革命的!"有一天,K委员对柏生说。

又有一天,柏生又告诉了爱而,爱而跳起来道:

"怎么?……怎么说我是反革命的呢?!"

厦门还正是和暖的深秋,野石榴开在山中,黄的花——不知道叫什么名字——开在楼下。我在用花刚石墙包围着的楼屋里听到这小小的故事,K委员的眉头打结的正经的脸,爱而的活泼中带着沉闷的年青的脸,便一齐在眼前出现,又仿佛如见当K委员的眉头打结的面前,爱而跳了起来,——我不禁从窗隙间望着远天失笑了。

但同时也记起了苏俄曾经有名的诗人,《十二个》的作者勃洛克[5]的话来:

"共产党不妨碍做诗,但于觉得自己是大作家的事却有妨碍。大作家者,是感觉自己一切创作的核心,在自己里面保持着规律的。"

共产党和诗,革命和长信,真有这样地不相容么?我想。

以上是那时的我想。这时我又想,在这里有插入几句声明的必要:

我不过说是变革和文艺之不相容,并非在暗示那时的广州政府是共产政府或委员是共产党。这些事我一点不知道。只有若干已经"正法"的人们,至今不听见有人鸣冤或冤鬼诉苦,想来一定是真的共产党罢。至于有一些,则一时虽然从一方面得了这样的谥号,但后来两方相见,杯酒言欢,就明白先前都是误解,其实是本来可以合作的。

必要已毕,于是放心回到本题。却说爱而君不久也给了我一封信,通知我已经有了工作了。信不甚长,大约还有被冤为"反革命"的余痛罢。但又发出牢骚来:一,给他坐在饭锅旁边,无聊得很;二,有一回正在按风琴,一个漠不相识的女郎来送给他一包点心,就弄得他神经过敏,以为北方女子太死板而南方女子太活泼,不禁"感慨系之矣"[6]了。

关于第一点,我在秋蚊围攻中所写的回信中置之不答。夫面前无饭锅而觉得无聊,觉得苦痛,人之常情也,现在已见饭锅,还要无聊,则明明是发了革命热。老实说,远地方在革命,不相识的人们在革命,我是的确有点高兴听的,然而——没有法子,索性老实说罢,——如果我的身边革起命来,或者我所熟识的人去革命,我就没有这么高兴听。有人说我应该拚命去革命,我自然不敢不以为然,但如叫我静静地坐下,调给我一杯罐头牛奶喝,我往往更感激。但是,倘说,你就死心塌地地从饭锅里装饭吃罢,那是不像样的;然而叫他离开饭锅去拚命,却又说不出口,因为爱而是我的极熟的熟人。于是只好袭用仙传的古法,装聋作哑,置之不问不闻之列。只对于第二点加以猛烈的教诫,大致是说他"死板"和"活泼"既然都不赞成,即等于主张女性应该不死不活,那是万分不对的。

约略一个多月之后,我抱着和爱而一类的梦,到了广州,在饭锅旁边坐下时,他早已不在那里了,也许竟并没有接到我的信。

我住的是中山大学中最中央而最高的处所,通称"大钟楼"。一月之后,听得一个戴瓜皮小帽的秘书说,才知道这是最优待的住所,非"主任"之流是不准住的。但后来我一搬出,又听说就给一位办事员住进去了,莫明其妙。不过当我住在那里的时候,总还是非主任之流即不准住的地方,所以直到知道办事员搬进去了的那一天为止,我总是常常又感激,又惭愧。

然而这优待室却并非容易居住的所在,至少的缺点,是不很能够睡觉的。一到夜间,便有十多匹——也许二十来匹罢,我不能知道确数——老鼠出现,驰骋文坛,什么都不管。只要可吃的,它就吃,并且能开盒子盖,广州中山大学里非主任之流即不准住的楼上的老鼠,仿佛也特别聪明似的,我在别地方未曾遇到过。到清晨呢,就有"工友"们大声唱歌,——我所不懂的歌。

白天来访的本省的青年,却大抵怀着非常的好意的。有几个热心于改革的,还希望我对于广州的缺点加以激烈的攻击。这热诚很使我感动,但我终于说是还未熟悉本地的情形,而且已经革命,觉得无甚可以攻击之处,轻轻地推却了。那当然要使他们很失望的,过了几天,尸一[7]君就在《新时代》上说:

> "……我们中几个很不以他这句话为然,我们以为我们还有许多可骂的地方,我们正想骂骂自己,难道鲁迅先生竟看不出我们的缺点么?……"

其实呢,我的话一半是真的。我何尝不想了解广州,批评广州呢,无奈慨自被供在大钟楼上以来,工友以我为教授,学生以我为先生,广州人以我为"外江佬",孤孑特立,无从考查。而最大的阻碍则是言语。直到我离开广州的时候止,我所知道的言语,除一二三四……等数目外,只有一句凡有"外江佬"几乎无不因为特别而记住的 Hanbaran(统统)和一句凡有学习异地言语者几乎无不最容易学得而记住的骂人话 Tiu-na-ma 而已。

这两句有时也有用。那是我已经搬在白云路寓屋里的时候了,有一天,巡警捉住了一个窃取电灯的偷儿,那管屋的陈公便跟着一面骂,一面打。骂了一大套,而我从中只听懂了这两句。然而似乎已经全懂得,心里想:"他所说的,大约是因为屋外的电灯几乎 Hanbaran 被他偷去,所以要 Tiu-na-ma 了。"于是就仿佛解决了一件大问题似的,即刻安心归坐,自去再编我的《唐宋传奇集》。

但究竟不知道是否真如此。私自推测是无妨的,倘若据以论广州,却未免太卤莽罢。

但虽只这两句,我却发见了吾师太炎先生[8]的错处了。记得先生在日本给我们讲文字学时,曾说《山海经》上"其州在尾上"的"州"是女性生殖器。这古语至今还留存在广东,读若 Tiu。故 Tiuhei 二字,当写作"州戏",名词在前,动词在后的。我不记得他后来可曾将此说记在《新方言》里,但由今观之,则"州"乃动词,非名词也。

至于我说无甚可以攻击之处的话,那可的确是虚言。其实是,那时我于广州无爱憎,因而也就无欣戚,无褒贬。我抱着梦幻而来,一遇实际,便被从梦境放逐了,不过剩下些索漠。我觉得广州究竟是中国的一部分,虽然奇异的花果,特别的语言,可以淆乱游子的耳目,但实际是和我所走过的别处都差不多的。倘说中国是一幅画出的不类人间的图,则各省的图样实无不同,差异的只在所用的颜色。黄河以北的几省,是黄色和灰色画的,江浙是淡墨和淡绿,厦门是淡红和灰色,广州是深绿和深红。我那时觉得似乎其实未曾游行,所以也没有特别的骂詈之辞,要专一倾注在素馨和香蕉上。——但这也许是后来的回忆的感觉,那时其实是还没有如此分明的。

到后来,却有些改变了,往往斗胆说几句坏话。然而有什么用呢?在一处演讲时,我说广州的人民并无力量,所以这里可以做"革命的策源地",也可以做反革命的策源地……当译成广东话时,我觉得这几句话似乎被删掉了。给一处做文章[9]时,我说青天白日旗插远去,信徒一定加多。但有如大乘佛教[10]一般,待到居士[11]也算佛子的时候,往往戒律荡然,不知道是佛教的弘通,还是佛教的败坏?……然而终于没有印出,不知所往了……。

广东的花果,在"外江佬"的眼里,自然依然是奇特的。我所最爱吃的是"杨桃",滑而脆,酸而甜,做成罐头的,完全失却了本味。汕头的一种较大,却是"三廉"[12],不中吃了。我常常宣传杨桃的功德,吃的人大抵赞同,这是我这一年中最卓著的成绩。

在钟楼上的第二月,即戴了"教务主任"的纸冠[13]的时候,是忙碌的时期。学校大事,盖无过于补考与开课也,与别的一切学校同。于是点头开会,排时间表,发通知书,秘藏题目,分配卷子,……于是又开会,讨论,计分,发榜。工友规矩,下午五点以后是不做工的,于是一个事务员请门房帮忙,连夜贴一丈多长的榜。但到第二天的早晨,就被撕掉了,于是又写榜。于是辩论:分数多寡的辩论;及格与否的辩论;教员有无私心的辩论;优待革命青年,优待的程度,我说已优,他说未优的辩论;补救落第,我说权不在我,他说在我,我说无法,他说有法的辩论;试题的难易,我说不难,他说太难的辩论;还有因为有族人在台湾,自己也可以算作台湾人,取得优待"被压迫民族"的特权与否的辩论;还有人本无名,所以无所谓冒名顶替的玄学底辩论……。这样地一天一天的过去,而每夜是十多匹——或二十匹——老鼠的驰骋,早上是三位工友的响亮的歌声。

现在想起那时的辩论来,人是多么和有限的生命开着玩笑呵。然而那时却并无怨尤,只有一事觉得颇为变得特别:对于收到的长信渐渐有些仇视了。

这种长信,本是常常收到的,一向并不为奇。但这时竟渐嫌其长,如果看完一张,还未说出本意,便觉得烦厌。有时见熟人在旁,就托付他,请他看后告诉我信中的主旨。

"不错。'写长信,就是反革命的!'"我一面想。

我当时是否也如 K 委员似的眉头打结呢,未曾照镜,不得而知。仅记得即刻也自觉到我的开会和辩论的生涯,似乎难以称为"在革命",为自便计,将前判加以修正了:

"不。'反革命'太重,应该说是'不革命'的。然而还太重。其实是,——写长信,不过是吃得太闲空罢了。"

有人说,文化之兴,须有余裕,据我在钟楼上的经验,大致是真的罢。闲人所造的文化,自然只适宜于闲人,近来有些人磨拳擦掌,大鸣不平,正是毫不足怪,——其实,便是这钟楼,也何尝不造得蹊跷。但是,四万万男女同胞,侨胞,异胞之中,有的是"饱食终日,无所用心"[14],有的是"群居终日,言不及义"[15]。怎不造出相当的文艺来呢?只说文艺,范围小,容易些。那结论只好是这样:有余裕,未必能创作;而要创作,是必须有余裕的。故"花呀月呀",不出于啼饥号寒者之口,而"一手奠定中国的文坛"[16],亦为苦工猪仔所不敢望也。

我以为这一说于我倒是很好的,我已经自觉到自己久已不动笔,但这事却应该归罪于匆忙。

大约就在这时候,《新时代》上又发表了一篇《鲁迅先生往那里躲》,宋云彬[17]先生做的。文中有这样的对于我的警告:

"他到了中大,不但不曾恢复他'呐喊'的勇气,并且似乎在说'在北方时受着种种迫压,种种刺激,到这里来没有压迫和刺激,也就无话可说了'。噫嘻!异哉!鲁迅先生竟跑出了现社会,躲向牛角尖里去了。旧社会死去的苦痛,新社会生出的苦痛,多多少放在他眼前,他竟熟视无睹!他把人生的镜子藏起来了,他把自己回复到过去时代去了。噫嘻!异哉!鲁迅先生躲避了。"

而编辑者还很客气,用案语声明着这是对于我的好意的希望和怂恿,并非恶意的笑骂的文章。这是我很明白的,记得看见时颇为感动。因此也曾想如上文所说的那样,写一点东西,声明我虽不呐喊,却正在辩论和开会,有时一天只吃一顿饭,有时只吃一条鱼,也还未失掉了勇气。《在钟楼上》就是豫定的题目。然而一则还是因为辩论和开会,二则因为篇首引有拉狄克[18]的两句话,另外又引起了我许多杂乱的感想,很想说出,终于反而搁下了。那两句话是:

"在一个最大的社会改变的时代,文学家不能做旁观者!"

但拉狄克的话,是为了叶遂宁[19]和梭波里[20]的自杀而发的。他那一篇《无家可归的艺术家》译载在一种期刊上时,曾经使我发生过暂时的思索。我因此知道凡有革命以前的幻想或理想的革命诗人,很可有碰死在自己所讴歌希望的现实上的运命;而现实的革命倘不粉碎了这类诗人的幻想或理想,则这革命也还是布告上的空谈。但叶遂宁和梭波里是未可厚非的,他们先后给自己唱了挽歌,他们有真实。他们以自己的沉没,证明着革命的前行。他们到底并不是旁观者。

35

但我初到广州的时候,有时确也感到一点小康。前几年在北方,常常看见迫压党人,看见捕杀青年,到那里可都看不见了。后来才悟到这不过是"奉旨革命"的现象,然而在梦中时是委实有些舒服的。假使我早做了《在钟楼上》,文字也许不如此。无奈已经到了现在,又经过目睹"打倒反革命"的事实,纯然的那时的心情,实在无从追蹑了。现在就只好是这样罢。

* * *

〔1〕 本篇最初发表于1927年12月17日上海《语丝》第四卷第一期。

〔2〕 柏生 即孙伏园(1894—1966),浙江绍兴人。曾任北京《晨报副刊》、《京报副刊》、《语丝》的编辑。当时在厦门大学工作。

〔3〕 爱而 指李遇安,河北人,《语丝》、《莽原》的投稿者。1926年为广州中山大学职员,不久离去。

〔4〕 K委员 指顾孟余(1888—1972),名兆熊,字孟余,河北宛平(今属北京)人。1926年下半年任中山大学委员会副主任委员。后曾任国民党中央执行委员会常委等职。

〔5〕 勃洛克(A. A. Блок,1880—1921) 苏联诗人。《十二个》是他1918年创作的反映十月革命的长诗。这里的引语,原出娜杰日达·帕夫洛维奇的《回忆勃洛克》(见《凤凰·文艺·科学与哲学论文集》第一集,1922年莫斯科篝火出版社出版)。

〔6〕 "感慨系之矣" 语出晋代王羲之《兰亭集序》。

〔7〕 尸一 即梁式(1894—1972),广东台山人。当时广州《国

民新闻》副刊《新时代》的编辑,抗日战争时期是汪伪报纸《中华副刊》撰稿人。这里的引文,见他所作的《鲁迅先生在茶楼上》。

〔8〕 太炎先生　章炳麟(1869—1936),号太炎,浙江余杭人,清末革命家、学者。作者留学日本时曾听他讲授《说文解字》。《新方言》是章太炎关于语言文字的著作之一,共十一卷,书末附有《岭外三州语》一卷,现收入《章氏丛书》。"其州在尾上",原语出《山海经·北山经》;章太炎对于"州"字的解释,见《新方言·释形体》。

〔9〕 指《庆祝沪宁克服的那一边》,载1927年5月5日《国民新闻》副刊《新出路》,现收入《集外集拾遗补编》。

〔10〕 大乘佛教　公元一、二世纪间形成的佛教宗派。大乘是对小乘而言。小乘佛教主张"自我解脱",要求苦行修炼;大乘佛教则主张"救度一切众生",强调尽人皆可成佛,一切修行应以利他为主。

〔11〕 居士　这里指在家修行的佛教徒。

〔12〕 三廉　形似杨桃而略大的水果。

〔13〕 纸冠　高长虹在《狂飙》第五期(1926年11月7日)《1925北京出版界形势指掌图》中,曾攻击鲁迅说:"直到实际的反抗者从哭声中被迫出校后……鲁迅遂戴其纸糊的权威者的假冠入于身心交病之状况矣!"

〔14〕 "饱食终日,无所用心"　语出《论语·阳货》。

〔15〕 "群居终日,言不及义"　语出《论语·卫灵公》。

〔16〕 "一手奠定中国的文坛"　1927年春新月书店创办时,在《开幕纪念刊》的"第一批出版新书预告"中,介绍徐志摩的诗,说他"一只手奠定了一个文坛的基础"。

〔17〕 宋云彬(1897—1979)　浙江海宁人,作家。当时任《黄埔日报》编辑。

37

〔18〕 拉狄克（К. Б. Радек，1885—1939） 苏联政论家。早年曾参加无产阶级革命运动，1937年以"阴谋颠覆苏联"罪受审。他写的《无家可归的艺术家》，刘一声译，载《中国青年》第六卷第二十、二十一期合刊（1926年12月）。

〔19〕 叶遂宁（С. А. Есенин，1895—1925） 通译叶赛宁，苏联诗人。他以描写宗法制度下农村田园生活的抒情诗著称，作品多流露忧郁情调，曾参加意象派文学团体。十月革命时向往革命，写过一些赞扬革命的诗如《苏维埃俄罗斯》等，但革命后陷入苦闷，终于自杀。

〔20〕 梭波里（А. Соболь，1888—1926） 苏联"同路人"作家。他在十月革命后曾经接近革命，但终因不满于当时现实而自杀。

辞顾颉刚教授令"候审"[1]

来　　信

鲁迅先生：

顷发一挂号信，以未悉先生住址，由中山大学转奉，嗣恐先生未能接到，特探得尊寓所在，另钞一分奉览。

敬请大安。

　　　　　　　颉刚敬上。十六，七，廿四。

钞　　件

鲁迅先生：

颉刚不知以何事开罪于先生，使先生对于颉刚竟作如此强烈之攻击，未即承教，良用耿耿。前日见汉口《中央日报副刊》上，先生及谢玉生先生通信，始悉先生等所以反对颉刚者，盖欲伸党国大义，而颉刚所作之罪恶直为天地所不容，无任惶骇。诚恐此中是非，非笔墨口舌所可明了，拟于九月中回粤后提起诉讼，听候法律解决。如颉刚确有反革命之事实，虽受死刑，亦所甘心，否则先生等自当负发言之责任。务请先生及谢先生暂勿离粤，以俟开审，不胜感盼。

敬请大安，谢先生处并候。

中华民国十六年七月廿四日

三　闲　集

回　信

颉刚先生：

　　来函谨悉，甚至于吓得绝倒矣。先生在杭盖已闻仆于八月中须离广州之讯，于是顿生妙计，命以难题。如命，则仆尚须提空囊赁屋买米，作穷打算，恭候偏何来迟，提起诉讼。不如命，则先生可指我为畏罪而逃也；而况加以照例之一传十，十传百乎哉？但我意早决，八月中仍当行，九月已在沪。江浙俱属党国所治，法律当与粤不异，且先生尚未启行，无须特别函挽听审，良不如请即就近在浙起诉，尔时仆必到杭，以负应负之责。倘其典书卖裤，居此生活费綦昂之广州，以俟月余后或将提起之诉讼，天下那易有如此十足笨伯哉！《中央日报副刊》未见；谢君[2]处恕不代达，此种小傀儡，可不做则不做而已，无他秘计也。此复，顺请
著安！

鲁迅。

* * *

〔1〕　本篇在收入本书前未在报刊上发表过。

　　顾颉刚(1893—1980)，江苏吴县人，历史学家。1926年与作者同在厦门大学任教，1927年作者到广州不久，他也往中山大学任教，这年暑假出差杭州为学校购书。

　　1927年5月11日汉口《中央日报》副刊第四十八号发表编者孙伏

园的《鲁迅先生脱离广东中大》一文,其中引用谢玉生和鲁迅给编者的两封信。谢玉生信中说:"迅师本月二十号,已将中大所任各职,完全辞卸矣。中大校务委员会及学生方面,现正积极挽留,但迅师去志已坚,实无挽留之可能了。迅师此次辞职之原因,就是因顾颉刚忽然本月十八日由厦来中大担任教授的原故。顾来迅师所以要去职者,即是表示与顾不合作的意思。原顾去岁在厦大造作谣言,诬蔑迅师;迄厦大风潮发生之后,顾又背叛林语堂先生,甘为林文庆之谋臣,伙同张星烺、张颐、黄开宗等主张开除学生,以致此项学生,至今流离失所,这是迅师极伤心的事。"鲁迅信中说:"我真想不到,在厦门那么反对民党,使兼士愤愤的顾颉刚,竟到这里来做教授了,那么,这里的情形,难免要变成厦大,硬直者逐,改革者开除。而且据我看来,或者会比不上厦大,这是我所得的感觉。我已于上星期四辞去一切职务,脱离中大了。"

〔2〕 谢君 谢玉生,湖南耒阳人,作者在厦门大学和中山大学任教时的学生。

匪 笔 三 篇[1]

今之"正人君子",论事有时喜欢讲"动机"[2]。案动机,我自己知道,绍介这三篇文章是未免有些有伤忠厚的。旅资将尽,非逐食不可了,许多人已知道我将于八月中走出广州。七月末就收到了一封所谓"学者"的信,说我的文字得罪了他,"拟于九月中回粤后提起诉讼,听候法律解决"。且叫我"暂勿离粤,以俟开审"。命令被告枵腹恭候于异地,以俟自己雍容布置,慢慢开审,真是霸道得可观。第二天偶在报纸上看见飞天虎寄亚妙信,有"提防剑仔[3]"的话,不知怎地忽而欣然独笑,还想到别的两篇东西,要执绍介之劳了。这种拉扯牵连,若即若离的思想,自己也觉得近乎刻薄,——但是,由它去罢,好在"开审"时总会结帐的。

在我的估计上,这类文章的价值却并不在文人学者的名文之下。先前也曾收集,得了五六篇,后来只在北京的《平民周刊》上发表过一篇模范监狱里的一个囚人的自序[4],其余的呢,我跑出北京以后,不知怎样了,现在却还想搜集。要夸大地说起来,则此类文章,于学术上也未始无用;我记得Lombroso[5]所做的一本书——大约是《天才与狂人》,请读者恕我手头无书,不能指实——后面,就附有许多疯子的作品。然而这种金字招牌,我辈却无须挂起来。

这回姑且将现成的三篇介绍,都是从香港《循环日报》[6]上采取的。以其都不是韵文,所以取阮氏《文笔对》[7]之说,名之曰:笔。倘有好事之徒,寄我材料,无任欢迎。但此后拟不限有韵无韵,并且廓大范围,并收土匪,骗子,犯人,疯子等等的创作。但经文人润色,或拟作赝作者不收。

其实,古如陈涉帛书[8],米巫题字[9],近如义和团传单[10],同善社乩笔[11],也都是这一流。我想,凡见于古书的,也都可以抄出来编为一集,和现在的来比照,看思想手段,有什么不同。

来件想托北新书局代收,当择尤发表,——但这是我倘不忙于"以俟开审"或下了牢监的话。否则,自己的文章也就是材料,不必旁搜博采了。

闲话休题,言归正传:

一 撕票布告　　　　潘平

广州佛山缸瓦栏维新码头发现烂艇一艘,有水浸淹其中,用蓑衣覆盖男子尸身一具,露出手足,旁有粗碗一只,白旗一面,书明云云。由六区水警,将该尸艇移泊西医院附近。验得该尸颈旁有一枪孔,直贯其鼻,显系生前轰毙。查死者年约三十岁,乃穿短线衫裤,剪平头装者。

南海紫洞潘平布告。

为布告事:昨四月念六日,在禄步共掳得乡人十余名,困留月余,并望赎音。兹提出禄步笋洞沙乡,姓许名进洪一名,枪毙示众,以儆其余。四方君子,特字周知,切勿视财如命!此布。　　(据七月十三日《循环报》。)

二　致信女某书　　　　金吊桶

广西梧州洞天酒店相命家金吊桶,原名黄卓生,新会人,日前有行骗陈社恩,黄心,黄作梁夫妇银钱单据,为警备司令部将其捕获,又搜获一封固之信,内空白信笺一张,以火烘之,发现字迹如下:

今日民国十六年五月二十九日,吕纯阳先师下降,查明汝信女系广西人。汝今生为人,心善清洁,今天上玉皇赐横财四千五百两银过你,汝信享福养儿育女。但此财分作八回中足,今年七月尾只中白鸽票七百五十元左右。老来结局有个子,第三位有官星发达,有官太做。但汝终身要派大三房妾伴,不能坐正位。今生条命极好。汝前世犯了白虎五鬼天狗星,若想得横财旺子,要用六元六毫交与金吊桶先生代汝解除,方得平安无事。若不信解除,汝条命得来十分无夫福无子福,有子死子,有夫死夫。但见字要求先生共汝解去此凶星为要可也。汝想得财得子者,为夫福者,有夫权者,要求先生共汝行礼,交合阴阳一二回,方可平安。如有不顺从先生者,汝条命冇好处,无安乐也。……　　(据七月二十六日《循环报》。)

三　诘妙嫦书　　　　飞天虎

香港永乐街如意茶楼女招待妙嫦,年仅双十,寓永吉街三十号二楼。七月二十九日晚十一时许,散工之后,偕同女侍三数人归家,道经大道中永吉街口,遇大汉三四人,要截于途,诘妙嫦曰:汝其为妙玲乎?嫦不敢答,闪避而行。讵大汉不使去,逞凶殴之,凡两拳,且曰:汝虽不语,固认识汝之面目者也!嫦被殴,大哭不已,归家后,以为大汉等所殴者为妙玲,故尚自怨无辜被辱,不料翌早复接恐吓信一通,按址由邮局投至,遂知昨晚之被殴,确为寻己,乃将事密报侦探,并告以所疑之人,务使就捕雪恨云。

亚妙女招待看!启者:久在如意茶楼,用诸多好言,殴辱我兄弟,及用滚水来陆之兄弟,灵端相劝,置之不理,与续大发雌雄,反口相齿,亦所谓恶不甚言矣。昨晚在此二人殴打已捶,亦非介意,不过小小之用。刻下限你一星期内答复,妥讲此事,若有无答复,早夜出入,提防剑仔,决列对待,及难保性命之虞,勿怪书不在先,至于死地之险也。诸多未及,难解了言,顺候,此询危险。七月初一晚,卅六友飞天虎谨。　　(据八月一日《循环报》。)

*　　　*　　　*

〔1〕 本篇最初发表于1927年9月10日北京《语丝》第一四八期。

〔2〕 "动机"　陈源的话,见《现代评论》第三卷第四十八期(1925年11月7日)的《闲话》:"一件艺术品的产生,除了纯粹的创造冲动,是不是常常还夹杂别种动机?是不是应当夹杂着别种不纯的动机?"

〔3〕 剑仔　广州话：匕首。

〔4〕 《平民周刊》　即《民众文艺》，北京《京报》附出的周刊，1924年12月9日创刊。鲁迅曾为该刊撰稿，并校阅过自创刊号至第十六号中的一些稿件。一个囚人的自序，即《一个"罪犯"的自述》，该文曾由鲁迅加上按语，发表于《民众文艺》第二十期（1925年5月5日），后收入《集外集拾遗》。

〔5〕 Lombroso　龙勃罗梭（1836—1909），意大利精神病学者，刑事人类学派的代表。他认为"犯罪"是自有人类以来长期遗传的结果，提出"先天犯罪"说，主张对"先天犯罪"者采取死刑、终身隔离、消除生殖机能等以"保卫社会"。著有《天才论》、《犯罪者论》等。他的学说曾被德国法西斯采用。

〔6〕 《循环日报》　香港出版的中文报纸，1874年1月由王韬创办，约于1947年停刊。

〔7〕 《文笔对》　清代阮福为回答他父亲阮元的提问而作。它"综合六朝唐人之所谓文所谓笔与宋明之说不同而见于书史者，不分年代类列之，以明其体"。阮福认为："有情辞声韵者为文"，"直言无文采者为笔"。这篇文章收入他所编的《文笔考》，又见阮元的《揅经室三集·学海堂文笔策问》。

〔8〕 陈涉帛书　陈涉（？—前208），名胜，字涉，阳城（今河南登封东南）人，秦末农民起义领袖。秦二世元年（前209），他和吴广被派戍守渔阳，走到蕲县大泽乡（今安徽宿县东南），因雨误期，按秦代法律将被斩首，遂揭竿起义。据《史记·陈涉世家》，起义前夕，"乃丹书帛曰：陈胜王。置人所罾鱼腹中"。

〔9〕 米巫题字　据《后汉书·刘焉传》，东汉张陵于"顺帝时客于蜀，学道鹤鸣山中，造作符书，以惑百姓。受其道者辄出米五斗，故谓

之'米贼'"。后来,张陵被尊为"张天师",并奉为道教的创始人,他的道徒与巫觋一样,都以符箓为术。符箓,是在纸或布上画的似字非字的图形,他们用以"祭祷"、"治病"和"驱使鬼神"。

〔10〕 义和团传单 义和团在一些宣言和传单中,借用神灵、符咒来号召群众,如"口头咒语学真言,升黄表,焚香烟,请来各等众神仙。神出洞,仙下山,扶助人间把拳玩。兵法易,助学拳,要揍鬼子不费难。"(见《拳匪纪事》)

〔11〕 同善社 封建迷信的道门组织。乩笔,扶乩的人假托鬼神降临,由二人扶丁字形木架用下垂的木锥在沙盘上画出的"文字"。内容是与人唱和、示人吉凶,或为病人开具药方等等。

某笔两篇[1]

昨天又得幸逢了两种奇特的广告,仍敢执绍介之劳。标点是我所加的,以醒眉目。该称什么笔呢,想了两天两夜,没有好结果。姑且称为"某笔",以俟博雅君子教正。这回的"动机"比较地近于纯正,除希望"有目共赏"外,似乎并不含有其他的副作用了。但又发生了一种妄想。记得前清时,曾有一种专选各种报上较好的论说的,叫作《选报》[2]。现在如有好事之徒,也还可以办这一类的刊物。每省须有访员数人,专收该地报上奇特的社论,记事,文艺,广告等等,汇刊成册,公之于世。则其显示各种"社会相"也,一定比游记之类要深切得多。不知 CF 男士[3]以为何如?一九二七年九月二十二日午饭之前。

其 一

熊仲卿 榜名文蔚。历任民国县长,所长,处长,局长,厅长。通儒,显宦,兼作良医,尤擅女科。住本港跑马地黄泥涌道门牌五十五号一楼中医熊寓,每日下午应诊及出诊。电话总局五二七零。

(右一则见九月二十一日香港《循环日报》。)

谨案:以吾所闻,向来或称世医,以其数代为医也;或称儒医,以其曾做八股也;或称官医,以其亦为官家所雇也;或称御医,以其曾经走进(?)太医院[4]也。若夫"县长,所长,处长,局长,厅长。通儒,显宦",而又"兼作良医",则诚旷古未有者矣。而五"长"做全,尤为难得云。

其　二

征求父母广告　余现已授中等教育有年,品行端正,纯无嗜好。因不幸父母相继逝世,余独取家资,来学广州。自思自觉单身儿子,有非常之寂寞。于是自愿甘心为人儿子。并自愿倾家产而从四方人事而无儿子者。有相当之家庭,且欲儿子者,请来函报告(家庭状况经济地位若何),并写明通讯地址。俟我回复,方接洽面商。阅报诸君而能介绍我好事成功者,应以百金敬酬。不成功者,当有谢谢。申一○六

通讯处　广东省立第一中学校余希成具。

(右一则见同日广州《民国日报》。)

谨案:我辈生当浇漓之世,于"征求伴侣"等类广告,早经司空见惯,不以为奇。昔读茅泮林所辑《古孝子传》[5],见有三男皆无母,乃共迎养一不相干之老妪,当作母亲一事,颇以为奇。然那时孝廉方正[6],可以做官,故尚能疑为别有作用也。而此广告则挟家资以求亲,悬百金而待荐,雒诵之余,乌能不欣人心之复返于淳古,表而出之,以为留心世道者告,而为打爹骂娘者劝哉?特未知阅报诸君,可知广州有欲儿子者否?要知道倘为介绍,即使好事不成,亦有"谢谢"者也。

※　　※　　※

〔1〕 本篇最初发表于1927年11月26日《语丝》第一五六期。

〔2〕 《选报》 1902年(清光绪二十八年)在上海出版的一种杂志。

〔3〕 CF男士 指李小峰(1897—1971),江苏江阴人,当时北新书局主持人。该书局出版的非洲须莱纳尔(Olive Schreiner)所著《梦》的中译本,译者张近芬署名为CF女士。这里是对李小峰的戏称。

〔4〕 太医院 宫廷医疗机构。

〔5〕 《古孝子传》 清代茅泮林从类书中辑录刘向、萧广济、王歆、王韶之、周景式、师觉授、宋躬、虞盘佑、郑缉等已散佚的《孝子传》成书。这里引述的事,见该书《五郡孝子》篇。"三男"应是"五男"。

〔6〕 孝廉方正 汉代选拔官吏,有孝廉和贤良方正的科目,由地方向朝廷荐举"孝子"、"直言极谏者",中选的授予官职。清代合孝廉和贤良方正为孝廉方正科。

述香港恭祝圣诞[1]

记者先生：

文宣王大成至圣先师[2]孔夫子圣诞,香港恭祝,向称极盛。盖北方仅得东邻[3]鼓吹,此地则有港督督率,实事求是,教导有方。侨胞亦知崇拜本国至圣,保存东方文明,故能发扬光大,盛极一时也。今年圣诞,尤为热闹,文人雅士,则在陶园雅集,即席挥毫,表示国粹。各学校皆行祝圣礼,往往欢迎各界参观,夜间或演新剧,或演电影,以助圣兴。超然学校每年祝圣,例有新式对联,贴于门口,而今年所制,尤为高超。今敬谨录呈,乞昭示内地,以愧意欲打倒帝国主义者：

乾　男校门联

本鲁史,作《春秋》,罪齐田恒,[4]地义天经,打倒贼子乱臣,免得赤化宣传,讨父仇孝,共产公妻,破坏纲常伦纪。

堕三都,出藏甲,[5]诛少正卯,[6]风行雷厉,铲除贪官悍吏,训练青年德育,修身齐家,爱亲敬长,挽回世道人心。

坤　女校门联

母凭子贵,妻藉夫荣,方今祝圣诚心,正宜遵憬三从,岂可开口自由,埋口自由,一味误会自由,趋附潮流成水性。

男禀乾刚,女占坤顺,[7]此际尊孔主义,切勿反违四德,动说有乜所谓,冇乜所谓,至则不知所谓,随同社会出风头。

埋犹言合,乜犹言何,冇犹言无,盖女子小人,不知雅训,故用俗字耳。舆论之类,琳琅尤多,今仅将载于《循环日报》者录出一篇,以见大概:

孔诞祝圣言感　　　佩蘅

　　金风送爽。凉露惊秋。转瞬而孔诞时期届矣。迩来圣教衰落。邪说嚣张。礼孔之举。惟港中人士。犹相沿奉行。至若内地。大多数不甚注意。盖自新学说出。而旧道德日即于沦亡。自新人物出。而古圣贤胥归于淘汰。一般学子。崇持列宁马克思种种谬说。不惜举二千年来炳若日星之圣教。摧陷而廓清之。其诋人也。不曰腐化即曰老朽。实则若曹少不更事。卤莽灭裂。不惜假新学说以便其私图。而古人之大义微言。俨如肉中刺。眼中钉。必欲拔除之而后快。孔子且在于打倒之列。更何有孔诞之可言。呜呼。长此以往。势不至等人道于禽兽不止。何幸此海隅之地。古风未泯。经教犹存。当此祝圣时期。济济跄跄一时称盛耶。虽然。吾人祝圣。特为此形式上之纪念耳。尤当注重孔教之精神。孔教重伦理。重实行。所谓齐家治国平天下。由近及远。由内及外。皆有轨道之可循。天不变道亦不变。自有确凿之理由在。虽暴民嚣张。摧残圣教。然浮云之翳。何伤日月之明。吾人当蒙泉剥果[8]之余。伤今思古。首当发挥大义。羽翼微言。子舆氏谓能言距杨墨[9]者。圣人之徒。生今之世。群言淆乱。异说争鸣。众口铄金。积非成是。与圣教为难者。向只杨墨。就贵词而辟之。为吾道作干城。树中流之砥柱。若乎张皇耳目。涂饰仪文。以敷衍为心。作例行之举。则非吾所望于祝圣诸公也。感而书之如此。

香港孔圣会则于是日在太平戏院日夜演大尧天班。其广告云：

祝大成之圣节，乐奏钧天，彰正教于人群，欢腾大地。我国数千年来，崇奉孔教，诚以圣道足以维持风化，挽救人心者也。本会定期本月廿七日演大尧天班。是日演《加官大送子》，《游龙戏凤》。夜通宵先演《六国大封相》及《风流皇后》新剧。查《风流皇后》一剧，情节新奇，结构巧妙。惟此剧非演通宵，不能结局，故是晚经港政府给发数特别执照。演至通宵。……预日沽票处在荷李活道中华书院孔圣会办事所。

丁卯年八月廿四日， 香港孔圣会谨启。

《风流皇后》之名，虽欠雅驯，然"子见南子"[10]，《论语》不讳，惟此"海隅之地，古风未泯"者，能知此意耳。余如各种电影，亦复美不胜收，新戏院则演《济公传》四集，预告者尚有《齐天大圣大闹天宫》，新世界有《武松杀嫂》，全系国粹，足以发扬国光。皇后戏院之《假面新娘》虽出邻邦，然观其广告云:"孔子有言,'始吾于人也,听其言而信其行,今吾于人也,听其言而观其行,于予与改是。'请君今日来看《假面新娘》以证孔子之言,然后知圣人一言而为天下法,所以不愧称为万世师表也。"则固亦有裨圣教者耳。

嗟夫!乘桴浮海[11],曾闻至圣之微言,崇正辟邪,幸有大英之德政。爱国劬古之士,当亦必额手遥庆,恨不得受一廛而为氓[12]也。专此布达,即颂　辑祺。

圣诞后一日,华约瑟谨启。

*　　*　　*

〔1〕 本篇最初发表于1927年11月26日《语丝》第一五六期,发表时用致编者信的形式,刊于"来函照登"栏内,题目为作者编入本书时所加。

〔2〕 文宣王大成至圣先师　这是封建帝王加给孔子的谥号。唐开元二十七年(739)加谥孔子为文宣王;后来宋元明各朝都有加谥,清顺治二年(1645)又加谥为"大成至圣文宣先师"。

〔3〕 东邻　指日本。日本明治维新以后,有些人曾组织"斯文会",尊奉儒教。

〔4〕《春秋》　编年体春秋史,相传系孔子依据鲁国史官所编《春秋》改订而成。罪齐田恒,据《春秋左氏传》哀公十四年记载:"齐陈恒弑其君壬于舒州,孔丘三日齐(斋),而请伐齐三。"陈恒,即田恒。他于公元前四八五年杀了齐简公(即壬),孔子认为他是乱臣贼子,所以迫切要求鲁哀公出兵讨伐。

〔5〕 堕三都,出藏甲　据《史记·孔子世家》记载,孔子做鲁司

寇时,见孟孙、叔孙和季孙三家掌握实权,自建都城,俨如一个国家,便向鲁定公进言:要使"臣无藏甲,大夫无百雉之城",并"使仲由(即孔子的学生子路)为季氏宰,将堕三都"。结果堕毁了叔孙氏的郈都和季孙氏的费都。

〔6〕 诛少正卯 据《史记·孔子世家》记载,鲁定公十四年(前497)孔子在鲁"由大司寇行摄相事……于是诛鲁大夫乱政者少正卯"。

〔7〕 男禀乾刚,女占坤顺 《周易·系辞》:"乾道成男,坤道成女。"同书《说卦》又说:"乾,健也;坤,顺也。"

〔8〕 蒙泉剥果 蒙、剥,是《周易》中的两个卦名;泉和果是解释这两个卦使用的比喻。蒙泉剥果,大意是指人们愚昧,世道衰微。

〔9〕 子舆氏 即孟子。这里所引他的话,见《孟子·滕文公(下)》:"能言距杨墨者,圣人之徒也。"杨墨,指杨朱和墨翟。

〔10〕 "子见南子" 见《论语·雍也》:"子见南子,子路不说(悦)。夫子矢之曰:'予所否者,天厌之!天厌之!'"南子,春秋时卫灵公夫人。

〔11〕 乘桴浮海 语出《论语·公冶长》:"子曰:'道不行,乘桴浮于海。'"桴,竹木编的小筏。

〔12〕 受一廛而为氓 语出《孟子·滕文公(上)》:"远方之人闻君行仁政,愿受一廛而为氓。"廛,古代城市平民住宅区。氓,居民。

吊 与 贺[1]

《语丝》在北京被禁之后,一个相识者寄给我一块剪下的报章,是十一月八日的北京《民国晚报》的《华灯》栏,内容是这样的:

吊 丧 文　　孔伯尼

顷闻友云:"《语丝》已停",其果然欤?查《语丝》问世,三年于斯,素无余润,常经风波。以久特闻,迄未少衰焉。方期益臻坚壮,岂意中道而崩?"闲话"失慎,"随感"伤风欤?抑有他故耶?岂明[2]老人再不兴风作浪,叛徒首领[3]无从发令施威;忠臣孝子,或可少申余愤;义士仁人,大宜下井投石。"语丝派"已亡,众怒少息,"拥旗党"[4]犹在,五色何忧?从此狂澜平静,邪说歼绝。有关风化,良匪浅鲜!则《语丝》之停也,岂不懿欤?所惜者余孽未尽,祸根犹存,复萌故态,诚堪预防!自宜除恶务尽,何容姑息养奸?兴仁义师,招抚并用;设文字狱,赏罚分明。打倒异端,惩办祸首;以安民心,而属众望。岂惟功垂不朽;曷止德及黎庶?抑亦国旗为荣耶?效《狂飙》[5]之往例,草《语丝》之哀辞,当仁不让,舍我其谁?朝野君子,乞勿忽之。

未废标点,已禁语体之秋,阳历晦日,杏坛上。

先前没有想到,这回却记得起来了。去年我在厦门岛上时,也有一个朋友剪寄我一片报章,是北京的《每日评论》,日子是"丙寅年十二月二十……",阳历的日子被剪掉了。内容是这一篇:

挽　狂　飙　　燕　生[6]

不料我刚作了《读狂飙》一文之后,《狂飙》疾终于上海正寝的讣闻随着就送到了。本来《狂飙》的不会长命百岁,是我们早已料到的,但它夭折的这样快,却确乎"出人意表之外"。尤其是当这与"思想界的权威者"[7]正在宣战的时候,而突然得到如此的结果,多心的人也许会猜疑到权威者的反攻战略上面,"这话当然不确","不过"自由批评家所走不到的光华书局,"思想界的权威"也许竟能走得到了,于是乎《狂飙》乃停,于是乎《狂飙》乃不得不停。

但当今之世,权威亦多矣,《狂飙》所得罪者不知是南方之强欤?北方之强欤?抑……欤?

思想家究竟不如武人爽快,《狂飙》虽停,而长虹[8]终于能安然走到北京,这个,我们倒要向长虹道贺。

呜呼!回想非宗教大同盟[9]轰轰烈烈之际,则有五教授慨然署名于拥护思想自由之宣言,曾几何时,而自由批评已成为反动者唯一之口号矣。自由乎!自由乎!其随线装书以入于毛厕坑中乎!嘻嘻!咄咄!

《语丝》本来并非选定了几个人,加以恭维或攻击或诅咒之后,便将作者和刊物的荣枯存灭,都推在这几个人的身上的出版物。但这回的禁终于燕京北寝的讣闻,却"也许"不"会猜疑到权威者的反攻战略上面"去了罢。诚然,我亦觉得"思想家究竟不如武人爽快"也!

但是,这个,我倒要向燕生和五色国旗道贺。

十二月四日,于上海正寝。

※ ※ ※

〔1〕 本篇最初发表于 1927 年 12 月 31 日《语丝》第四卷第三期。

〔2〕 岂明 即周作人(1885—1967),浙江绍兴人,《语丝》的编者和主要撰稿人之一,抗日战争时期担任伪职。

〔3〕 叛徒首领 指鲁迅。1925 年 9 月 4 日《莽原》周刊第二十期载有霉江致鲁迅的信,其中有"青年叛徒领导者"的话,陈西滢在 1926 年 1 月 30 日《晨报副刊》发表《致志摩》讥讽这一说法,说鲁迅不配作"青年叛徒的首领"。

〔4〕 "拥旗党" 指国家主义派。他们拥护北洋军阀,反对革命,曾发起保护五色旗的"护旗运动"。五色,指五色旗,1911 年至 1927 年中华民国的国旗,用红、黄、蓝、白、黑五色横列组成。

〔5〕《狂飙》 文学周刊,狂飙社的高长虹等人编辑。1926 年 10 月在上海创刊,1927 年 1 月出至第十七期停刊。光华书局出版。

〔6〕 燕生 常燕生(1898—1947),名乃德,山西榆次人,国家主义派成员。曾参加过狂飙社。

〔7〕 "思想界的权威者" 1925 年 8 月 4 日北京《民报》分别在

《京报》、《晨报》刊登发刊广告,内称"特约中国思想界之权威者鲁迅……诸先生随时为副刊撰著"。后来有些人就引用这一说法来讽刺鲁迅。

〔8〕 长虹 高长虹(1898—约1956),山西盂县人,狂飙社主要成员。他曾经一度和鲁迅接近,鲁迅离京到厦门后,他在上海利用《狂飙》周刊对鲁迅进行攻击和诽谤。

〔9〕 非宗教大同盟 1922年初,世界基督教学生同盟曾决定在北京召开第十一次大会,引起中国一部分知识分子的强烈反对,上海、北京等地成立"非基督教学生同盟"。它在中国社会主义青年团的领导下,于1922年3月15日在上海《先驱》半月刊上发表宣言、通电和章程,并在群众中散发传单,组织讲演会,反对帝国主义利用基督教对中国进行文化侵略。当时北京大学周作人、钱玄同、沈士远等五教授反对"同盟"的意见,在同年3月31日《晨报》发表《主张信教自由者的宣言》,认为"人们的信仰,应当有绝对的自由,不受任何人的干涉"。

一九二八年

"醉眼"中的朦胧[1]

　　旧历和新历的今年似乎于上海的文艺家们特别有着刺激力,接连的两个新正一过,期刊便纷纷而出了。他们大抵将全力用尽在伟大或尊严的名目上,不惜将内容压杀。连产生了不止一年的刊物,也显出拚命的挣扎和突变来。作者呢,有几个是初见的名字,有许多却还是看熟的,虽然有时觉得有些生疏,但那是因为停笔了一年半载的缘故。他们先前在做什么,为什么今年一齐动笔了? 说起来怕话长。要而言之,就因为先前可以不动笔,现在却只好来动笔,仍如旧日的无聊的文人,文人的无聊一模一样。这是有意识或无意识地,大家都有些自觉的,所以总要向读者声明"将来":不是"出国","进研究室",便是"取得民众"。功业不在目前,一旦回国,出室,得民之后,那可是非同小可了。自然,倘有远识的人,小心的人,怕事的人,投机的人,最好是此刻豫致"革命的敬礼"。一到将来,就要"悔之晚矣"了。

　　然而各种刊物,无论措辞怎样不同,都有一个共通之点,就是:有些朦胧。这朦胧的发祥地,由我看来,——虽然是冯乃超的所谓"醉眼陶然"[2]——也还在那有人爱,也有人憎的官僚和军阀。和他们已有瓜葛,或想有瓜葛的,笔下便往往笑迷迷,向大家表示和气,然而有远见,梦中又害怕铁锤和镰刀,因此也不敢分明恭维现在的主子,于是在这里留着一点朦胧。和他们瓜葛已断,或则并无瓜葛,走向大众去的,本可以毫无顾忌地说话了,但笔下即使雄纠纠,对大家显英雄,会忘却了他们的指挥刀的傻子是究竟不多的,这里也就留着一点朦胧。于是想要朦胧而终于透漏色彩的,想显色彩而终于不免朦胧的,便都在同地同时出现了。

其实朦胧也不关怎样紧要。便在最革命的国度里,文艺方面也何尝不带些朦胧。然而革命者决不怕批判自己,他知道得很清楚,他们敢于明言。惟有中国特别,知道跟着人称托尔斯泰为"卑汙的说教人"[3]了,而对于中国"目前的情状",却只觉得在"事实上,社会各方面亦正受着乌云密布的势力的支配"[4],连他的"剥去政府的暴力,裁判行政的喜剧的假面"的勇气的几分之一也没有;知道人道主义不彻底了,但当"杀人如草不闻声"[5]的时候,连人道主义式的抗争也没有。剥去和抗争,也不过是"咬文嚼字",并非"直接行动"。[6]我并不希望做文章的人去直接行动,我知道做文章的人是大概只能做文章的。

可惜略迟了一点,创造社前年招股本,去年请律师,[7]今年才揭起"革命文学"的旗子,复活的批评家成仿吾总算离开守护"艺术之宫"的职掌[8]要去"获得大众",并且给革命文学家"保障最后的胜利"[9]了。这飞跃也可以说是必然的。弄文艺的人们大抵敏感,时时也感到,而且防着自己的没落,如漂浮在大海里一般,拚命向各处抓攫。二十世纪以来的表现主义[10],踏踏主义[11],什么什么主义的此兴彼衰,便是这透露的消息。现在则已是大时代,动摇的时代,转换的时代,中国以外,阶级的对立大抵已经十分锐利化,农工大众日日显得着重,倘要将自己从没落救出,当然应该向他们去了。何况"呜呼!小资产阶级原有两个灵魂。……"虽然也可以向资产阶级去,但也能够向无产阶级去的呢。

这类事情,中国还在萌芽,所以见得新奇,须做《从文学革命到革命文学》那样的大题目,但在工业发达,贫富悬隔的国度里,却已是平常的事情。或者因为看准了将来的天下,是劳动者的天下,跑过去了;或者因为倘帮强者,宁帮弱者,跑过去了;或者两样都有,错综地作用着,跑过去了。也可以说,或者因为恐怖,或者因为良心。成仿吾教人克服小资产阶级根性,拉"大众"来作"给与"和"维持"的材料,文章完了,却正留下一个不小的问题:

倘若难于"保障最后的胜利",你去不去呢?

这实在还不如在成仿吾的祝贺之下,也从今年产生的《文化批判》上的李初梨的文章[12],索性主张无产阶级文学,但无须无产者自己来写;无论出身是什么阶级,无论所处是什么环境,只要"以无产阶级的意识,产生出来的一种的斗争的文学"就是,直截爽快得多了。但他一看见"以趣味为中心"的可恶的"语丝派"的人名就不免曲折,仍旧"要问甘人君,鲁迅是第几阶级的人?"[13]

我的阶级已由成仿吾判定:"他们所矜持的是'闲暇,闲暇,第三个闲暇';他们是代表着有闲的资产阶级,或者睡在鼓里的小资产阶级。……如果北京的乌烟瘴气不用十万两无烟火药炸开的时候,他们也许永远这样过活的罢。"[14]

我们的批判者才将创造社的功业写出,加以"否定的否定",要去"获得大众"的时候,[15]便已梦想"十万两无烟火药",并且似乎要将我挤进"资产阶级"去(因为"有闲就是有钱"云),我倒颇也觉得危险了。后来看见李初梨说:"我以为一个作家,不管他是第一第二……第百第千阶级的人,他都可以参加无产阶级文学运动;不过我们先要审察他们的动机。……"[16]这才有些放心,但可虑的是对于我仍然要问阶级。"有闲便是有钱";倘使无钱,该是第四阶级[17],可以"参加无产阶级文学运动"了罢,但我知道那时又要问"动机"。总之,最要紧是"获得无产阶级的阶级意识",——这回可不能只是"获得大众"便算完事了。横竖缠不清,最好还是让李初梨去"由艺术的武器到武器的艺术"[18],让成仿吾去坐在半租界里积蓄"十万两无烟火药",我自己是照旧讲"趣味"。

那成仿吾的"闲暇,闲暇,第三个闲暇"的切齿之声,在我是觉得有趣的。因为我记得曾有人批评我的小说,说是"第一个是冷静,第二个是冷静,第三个还是冷静",[19]"冷静"并不算好批判,但不知怎地竟像一板斧劈着了这位革命的批评家的记忆中枢[20]似的,从此"闲暇"也有三个了。倘有四个,连《小说旧闻钞》也不写,或者只有两个,见得比较地忙,也许可以不至于被"奥伏赫变"[21]("除掉"的意思,Aufheben 的创造派的译音,但我不解何以要译得这么难写,在第四阶级,一定比照描一个原文难)罢,所可惜的是偏偏是三个。但先前所定的不"努力表现自己"之罪[22],大约总该也和成仿吾的"否定的否定",一同勾消了。

创造派"为革命而文学",所以仍旧要文学,文学是现在最紧要的一点,因为将"由艺术的武器,到武器的艺术",一到"武器的艺术"的时候,便正如"由批判的武器,到用武器的批判"[23]的时候一般,世界上有先例,"徘徊者变成同意者,反对者变成徘徊者"[24]了。

但即刻又有一点不小的问题:为什么不就到"武器的艺术"呢?

这也很像"有产者差来的苏秦的游说"[25]。但当现在"无产者未曾从有产者意识解放以前"[26],这问题是总须起来的,不尽是资产阶级的退兵或反攻的毒计。因为这极彻底而勇猛的主张,同时即含有可疑的萌芽了。那解答只好是这样:

因为那边正有"武器的艺术",所以这边只能"艺术的武器"。

这艺术的武器,实在不过是不得已,是从无抵抗的幻影脱出,坠入纸战斗的新梦里去了。但革命的艺术家,也只能以此维持自己的勇气,他只能这样。倘他牺牲了他的艺术,去使理论成为事实,就要怕不成其为革命的艺术家。因此必然的应该坐在无产阶级的阵营中,等待"武器的铁和火"出现。这出现之际,同时拿出"武器的艺术"来。倘那时铁和火的革命者已有一个"闲暇",能静听他们自叙的功勋,那也就成为一样的战士了。最后的胜利。然而文艺是还是批判不清的,因为社会有许多层,有先进国的史实在;要取目前的例,则《文化批判》已经拖住 Upton Sinclair[27],《创造月刊》也背了 Vigny 在"开步走"[28]了。

倘使那时不说"不革命便是反革命",革命的迟滞是"语丝派"之所为,给人家扫地也还可以得到半块面包吃,我便将于八时间工作之暇,坐在黑房里,续钞我的《小说旧闻钞》,有几国的文艺也还是要谈的,因为我喜欢。所怕的只是成仿吾们真像符拉特弥尔·伊力支[29]一般,居然"获得大众";那么,他们大约更要飞跃又飞跃,连我也会升到贵族或皇帝阶级里,至少也总得充军到北极圈内去了。译著的书都禁止,自然不待言。

不远总有一个大时代要到来。现在创造派的革命文学家和无产阶级作家虽然不得已而玩着"艺术的武器",而有着"武器的艺术"的非革命武学家也玩起这玩意儿来了,有几种笑迷迷的期刊[30]便是这。他们自己也不大相信手里的"武器的艺术"了罢。那么,这一种最高的艺术——"武器的艺术"现在究竟落在谁的手里了呢?只要寻得到,便知道中国的最近的将来。

二月二十三日,上海。

* * *

〔1〕 本篇最初发表于 1928 年 3 月 12 日《语丝》第四卷第十一期。

本篇是鲁迅针对1928年初创造社、太阳社对他的批评而写的。当时创造社等的批评和鲁迅的反驳,曾在革命文学阵营内部形成了一次以革命文学问题为中心的论争。这次论争扩大了革命文学运动的影响,促进了文化界对革命文学问题的注意。但创造社、太阳社的某些成员,在试图运用马克思主义原理于中国革命的实际和文艺领域时,出现过严重的主观主义和宗派主义的倾向,对鲁迅作了错误的分析,对他采取了排斥以至无原则的攻击的态度。后来他们改变了排斥鲁迅的立场,与鲁迅共同组织中国左翼作家联盟。

〔2〕 冯乃超(1901—1983) 广东南海人,诗人、文学评论家,后期创造社成员。"醉眼陶然",见他在《文化批判》创刊号(1928年1月)发表的《艺术与社会生活》:"鲁迅这位老生——若许我用文学的表现——是常从幽暗的酒家的楼头,醉眼陶然地眺望窗外的人生。世人称许他的好处,只是圆熟的手法一点,然而,他不常追怀过去的昔日,追悼没落的封建情绪,结局他反映的只是社会变革期中的落伍者的悲哀,无聊赖地跟他弟弟说几句人道主义的美丽的说话。隐遁主义!好在他不效 L. Tolstoy 变作卑污的说教人。"

〔3〕 托尔斯泰(Л. Н. Толстой,1828—1910) 俄国作家。著有长篇小说《战争与和平》、《安娜·卡列尼娜》、《复活》等。冯乃超在《艺术与社会生活》中曾引用列宁在《列甫·托尔斯泰是俄国革命的镜子》中的一段话:"托尔斯泰一方面毫无忌惮地批判资本主义的榨取,剥去政府的暴力,裁判与行政的喜剧的假面,暴露着国富的增大,文化的结果与贫困的增大,劳动大众的痛苦间的矛盾;他方面很愚蠢地劝人不要以暴力反抗罪恶。一方面站在最觉悟的现实主义上,剥去一切的假面;他方面却靦颜做世界最卑污的事——宗教的说教人。"按译文与现在通行的版本不完全相同。

〔4〕 这是冯乃超在《艺术与社会生活》中的话:"自从北伐军进

出扬子江以来,中国国民革命的一特征,就是大众的政治运动的炽烈化,然而,观察目前的情状,革命的势力在表面上似呈一种停顿的样子,而事实上,社会的各方面亦正受着乌云密布的势力的支配。"

〔5〕 "杀人如草不闻声" 语出明代沈明臣作《铙歌十章·凯歌》:"狭巷短兵相接处,杀人如草不闻声。"原是歌颂战功的,这里用以指国民党当局屠杀共产党人和革命群众的罪行。

〔6〕 见《文化批判》第二号(1928年2月)李初梨《怎样地建设革命文学》:"我们知道,社会上,一定有一些常识的煽动家,向我们发出嘲笑,他们说:你们既口口声声在革命,何以不去直接行动,却来弄这样咬文嚼字的文学?我们要看出他们的奸诈来;这是他们的退兵计;有产者差来的苏秦的游说。"

〔7〕 创造社前年招股本去年请律师 1926年,创造社曾发出招股简章,筹集办社资金。1927年聘请刘世芳为该社律师。后来,当创造社受到当局压迫时,刘世芳曾代表创造社及其出版部登报声明"本社纯系新文艺的集合,本出版部亦纯系发行文艺书报的机关,与任何政治团体从未发生任何关系","此后如有诬毁本社及本出版部者决依法起诉以受法律之正当保障"。(见1928年6月15日上海《新闻报》)

〔8〕 创造社成立初期,成仿吾主张文学"是出自内心的要求,原不必有什么预定的目的",追求文学的"全"和"美",存有"为艺术而艺术"的倾向。1926年他参加北伐战争,1928年再回到上海,从事"革命文学"运动。所以这里说他是"复活的批评家","总算离开守护'艺术之宫'的职掌"。

〔9〕 "获得大众"、"保障最后的胜利",都见《创造月刊》第一卷第九期(1928年2月)成仿吾的《从文学革命到革命文学》:"以明了的意识努力你的工作,驱逐资产阶级的'意德沃罗基'在大众中的流毒与

影响,获得大众,不断地给他们以勇气,维持他们的自信!莫忘记了,你是站在全战线的一个分野!以真挚的热诚描写在战场所闻见的,农工大众的激烈的悲愤,英勇的行为与胜利的欢喜!这样,你可以保障最后的胜利;你将建立殊勋,你将不愧为一个战士。"

〔10〕 **表现主义** 二十世纪初至三十年代盛行于欧美一些国家的现代主义文艺流派。代表社团为"桥社"、"蓝骑士社"。表现主义者在政治和哲学观点上差异很大,其共同的思想和艺术倾向是不满社会现状,要求变革,要求表现事物的内在实质和永恒的品格,揭示人的灵魂,轻视客观的写实而强调表现主观的自我,多采用心理分析、潜意识、梦境等表现手法。表现主义小说的代表作家主要有卡夫卡和乔伊斯等,戏剧代表作家主要有斯特林堡和奥尼尔等。

〔11〕 **踏踏主义** 通称达达主义,第一次世界大战期间出现的现代主义文艺流派。倡导者是法国诗人特里斯唐·查拉。他在1916年以"达达"(dada)之名组织社团的"宣言"中解释说:"达达,达达,这是忍耐不住的痛苦的嗥叫,是各种束缚、矛盾、荒诞的东西和不合逻辑的事物的交织"。达达主义否定一切有意义的事物,反对一切传统和常规,主张以梦呓、混乱的语言、怪诞荒谬的形象表现不可思议的事物。它是一批年轻人痛恨战争和产生战争的精神世界,要求彻底破坏旧世界的心理反映。

〔12〕 **《文化批判》** 月刊,创造社的理论性刊物。1928年1月创刊,共出五期。在创刊号上载有成仿吾的《祝辞》。李初梨(1900—1994),四川江津人,文艺评论家,后期创造社成员。这里是指他的《怎样地建设革命文学》一文。其中说:"无产阶级文学的作家,不一定要出自无产阶级,而无产阶级的出身者,不一定会产生出无产阶级文学。"又说:"无产阶级文学是:为完成他主体阶级的历史的使命,不是以观照的——表现的态度,而以无产阶级的阶级意识,产生出来的一种的斗争

的文学。"

〔13〕 《北新》半月刊第二卷第一号(1927年11月)发表署名甘人的《中国新文学的将来与其自己的认识》中有"鲁迅……是我们时代的作者"的话;李初梨在《怎样地建设革命文学》中加以反对说:"我要问甘人君,鲁迅究竟是第几阶级的人,他写的又是第几阶级的文学?他所曾诚实地发表过的,又是第几阶级的人民的痛苦?'我们的时代',又是第几阶级的时代?甘人君对于'中国新文艺的将来与其自己'简直毫不认识。"

〔14〕 这段引文见成仿吾《从文学革命到革命文学》。

〔15〕 成仿吾在《从文学革命到革命文学》中评论早期创造社时说:"它的诸作家以他们的反抗的精神,以他们的新鲜的作风,四五年之内在文学界养成了一种独创的精神,对一般青年给与了不少的激刺。他们指导了文学革命的方针,率先走向前去,他们扫荡了一切假的文艺批评,他们驱逐了一些蹩脚的翻译。他们对于旧思想与旧文学的否定最为完全,他们以真挚的热诚与批判的态度为全文学运动奋斗。"而在展望"文学革命今后的进展"时又说:"我们如果还挑起革命的'印贴利更追亚'的责任起来,我们还得再把自己否定一遍(否定的否定),我们要努力获得阶级意识,我们要使得我们的媒质接近农工大众的用语,我们要以农工大众为我们的对象。"

〔16〕 见李初梨《怎样地建设革命文学》:"我以为一个作家,不管他是第一第二……第百第千阶级的人,他都可以参加无产阶级文学运动;不过我们先要审察他的动机。看他是'为文学而革命',还是'为革命而文学'。"

〔17〕 第四阶级 即无产阶级。过去外国历史家曾把法国大革命时期的法国社会分为三个阶级(应译"等级")。第一阶级:国王;第

二阶级:僧侣和贵族;第三阶级:当时的被统治阶级,其中包括资产阶级、小资产阶级、工人、农民等。后来又有人把工人阶级称为第四阶级。

〔18〕 "由艺术的武器到武器的艺术" 见李初梨《怎样地建设革命文学》:"有产者既利用一切艺术为他的支配工具,那么文学当然为无产者的重要的战野。所以我们的作家,是'为革命而文学',不是'为文学而革命',我们的作品,是'由艺术的武器到武器的艺术'。"

〔19〕 这是张定璜的话,见《现代评论》第一卷第八期(1925年1月31日)刊载的《鲁迅先生(下)》一文:"鲁迅先生的医究竟学到了怎样一个境地,曾经进过解剖室没有,我们不得而知,但我们知道他有三个特色,那也是老于手术富于经验的医生的特色,第一个,冷静,第二个,还是冷静,第三个,还是冷静。"

〔20〕 这是借用李初梨的话,李在1928年4月《文化批判》第四号《请看中国的Don Quixote的乱舞》中说:"又或许是'弄文艺的人们大抵敏感',我们的Don鲁迅,不知在什么地方,看过某刊物上有一句'××是一种艺术的话,而且这句话又不知怎地竟像一板斧劈着这位'Don Quixote的'记忆中枢',从此一架风车,就变成了一个巨人(giant),'武器的艺术'也就变成Don鲁迅醉眼朦胧中的敌人了。"

〔21〕 "奥伏赫变" 德语音译,现通译为"扬弃"。

〔22〕 成仿吾在《创造》季刊第二卷第二期(1924年2月)《〈呐喊〉的评论》中,将《呐喊》中的小说分为"再现的"和"表现的"两类。认为前者"平凡""庸俗",是作者"失败的地方",而后者如《端午节》,"表现方法恰与我的几个朋友的作风相同","作者由他那想表现自我的努力,与我们接近了"。

〔23〕 "由批判的武器到用武器的批判" 见马克思《〈黑格尔法哲学批判〉导言》:"批判的武器当然不能代替武器的批判,物质力量只

能用物质力量来摧毁;但是理论一经掌握群众,也会变成物质力量。"

〔24〕 这两句话的出处待查。

〔25〕 "有产者差来的苏秦的游说" 参看本篇注〔6〕。苏秦,战国时期的纵横家,曾游说齐、楚、燕、赵、韩、魏六国联合抗秦。

〔26〕 见李初梨《怎样地建设革命文学》:"有人说:无产阶级文学,是无产者自身写出的文学。不是。因为无产者未曾从有产者意识解放以前,他写出来的,仍是一些有产者文学。"

〔27〕 Upton Sinclair 辛克莱(1878—1968),美国小说家。著有长篇小说《屠场》、《石炭王》、《世界末日》等。《文化批判》第二期(1928年2月)曾刊载辛克莱《拜金艺术(艺术之经济学的研究)》的摘译,译者冯乃超在译文的前言中说:辛克莱"和我们站着同一的立脚地来阐明艺术与社会阶级的关系,……他不特喝破了艺术的阶级性,而且阐明了今后的艺术的方向"。

〔28〕 Vigny 维尼(1797—1863),法国诗人。著有《上古和近代诗集》、《命运集》等。《创造月刊》第一卷第五、七、八、九各期曾连载穆木天的论文《维尼及其诗歌》。"开步走",是成仿吾《从文学革命到革命文学》一文中的话:"开步走,向那龌龊的农工大众!"

〔29〕 符拉特弥尔·伊力支 即弗拉基米尔·伊里奇·列宁。

〔30〕 指国民党当局当时所办的一些刊物如《新生命》等。

看司徒乔君的画[1]

我知道司徒乔[2]君的姓名还在四五年前,那时是在北京,知道他不管功课,不寻导师,以他自己的力,终日在画古庙,土山,破屋,穷人,乞丐……。

这些自然应该最会打动南来的游子的心。在黄埃漫天的人间,一切都成土色,人于是和天然争斗,深红和绀碧的栋宇,白石的栏干,金的佛像,肥厚的棉袄,紫糖色脸,深而多的脸上的皱纹……。凡这些,都在表示人们对于天然并不降服,还在争斗。

在北京的展览会[3]里,我已经见过作者表示了中国人的这样的对于天然的倔强的魂灵。我曾经得到他的一幅"四个警察和一个女人"[4]。现在还记得一幅"耶稣基督"[5],有一个女性的口,在他荆冠上接吻。

这回在上海相见,我便提出质问:

"那女性是谁?"

"天使,"他回答说。

这回答不能使我满足。

因为这回我发现了作者对于北方的景物——人们和天然苦斗而成的景物——又加以争斗,他有时将他自己所固有的明丽,照破黄埃。至少,是使我觉得有"欢喜"(Joy)的萌芽,如胁下的矛伤,尽管流血,而荆冠上却有天使——照他自己所说——的嘴唇。无论如何,这是胜利。

后来所作的爽朗的江浙风景,热烈的广东风景,倒是作者的本色。和北方风景相对照,可以知道他挥写之际,盖谙熟而高兴,如逢久别的故人。但我却爱看黄埃,因为由此可见这抱着明丽之心的作者,怎样为人和天然的苦斗的古战场所惊,而自己也参加了战斗。

中国全土必须沟通。倘将来不至于割据,则青年的背着历史而竭力拂去黄埃的中国彩色,我想,首先是这样的。

一九二八年三月十四日夜,于上海。

* * *

〔1〕 本篇最初发表于1928年4月2日《语丝》第四卷第十四期。

1928年春天,司徒乔在上海举行"乔小画室春季展览会",本篇是鲁迅为他的展览会目录写的序言。

〔2〕 司徒乔(1902—1958) 广东开平人,画家。

〔3〕 指1926年6月,司徒乔在北京中央公园(今中山公园)水榭举行的绘画展览。

〔4〕 "四个警察和一个女人" 原题《五个警察一个〇》。

〔5〕 "耶稣基督" 原题《荆冠上的亲吻》。

在上海的鲁迅启事[1]

大约一个多月以前，从开明书店转到 M 女士[2]的一封信，其中有云：

"自一月十日在杭州孤山别后，多久没有见面了。前蒙允时常通讯及指导……。"

我便写了一封回信，说明我不到杭州，已将十年，决不能在孤山和人作别，所以她所看见的，是另一人。两礼拜前，蒙 M 女士和两位曾经听过我的讲义的同学见访，三面证明，知道在孤山者，确是别一"鲁迅"。但 M 女士又给我看题在曼殊[3]师坟旁的四句诗：

"我来君寂居，唤醒谁氏魂？
飘萍山林迹，待到它年随公去。
　　鲁迅游杭　吊老友
曼殊句　　　　　　一，一〇，十七年。"

我于是写信去打听寓杭的 H 君[4]，前天得到回信，说确有人见过这样的一个人，就在城外教书，自说姓周，曾做一本《彷徨》，销了八万部，但自己不满意，不远将有更好的东西发表云云。

中国另有一个本姓周或不姓周，而要姓周，也名鲁迅，我是毫没法子的。但看他自叙，有大半和我一样，却有些使我为难。那首诗的不大高明,不必说了,而硬替人向曼殊说"待到它年随公去",也未免太专制。"去"呢,自然总有一天要"去"的,然而去"随"曼殊,却连我自己也梦里都没有想到过。但这还是小事情,尤其不敢当的,倒是什么对别人豫约"指导"之类……。

我自到上海以来,虽有几种报上说我"要开书店",或"游了杭州"。其实我是书店也没有开,杭州也没有去,不过仍旧躲在楼上译一点书。因为我不会拉车,也没有学制无烟火药,所以只好这样用笔来混饭吃。因为这样在混饭吃,于是忽被推为"前驱",忽被挤为"落伍",[5]那还可以说是自作自受,管他娘的去。但若再有一个"鲁迅",替我说教,代我题诗,而结果还要我一个人来担负,那可真不能"有闲,有闲,第三个有闲",连译书的工夫也要没有了。

所以这回再登一个启事。要声明的是:我之外,今年至少另外还有一个叫"鲁迅"的在,但那些个"鲁迅"的言动,和我也曾印过一本《彷徨》而没有销到八万本的鲁迅无干。

三月二十七日,在上海。

* * *

〔1〕 本篇最初发表于1928年4月2日《语丝》第四卷第十四期。

〔2〕 M女士 指马湘影,当时上海法政大学的学生。鲁迅1928年2月25日日记:"午得开明书店……转交马湘影信,即复。"

〔3〕 曼殊 苏曼殊(1884—1918),名玄瑛,字子谷,出家后法号曼殊,广东中山县人,文学家。著作有《曼殊全集》。他的坟墓在杭州西

湖孤山。

〔4〕 H君　指许钦文(1897—1984),浙江绍兴人,当时的青年作家。作品有小说集《故乡》等。

〔5〕 "前驱"　高长虹在1926年8月号《新女性》所刊的"狂飙社广告"中,说《狂飙》是"与思想界先驱者鲁迅及少数最进步的青年合办"。"落伍",冯乃超讥讽作者的话,参看本书第67页注〔2〕。

文艺与革命[1]

来　信

鲁迅先生：

　　在《新闻报》[2]的《学海》栏内，读到你底一篇《文学和政治的歧途》的讲演，解释文学者和政治者之背离不合，其原因在政治者以得到目前的安宁为满足，这满足，在感觉锐敏的文学者看去，一样是胡涂不彻底，表示失望，终于遭政治家之忌，潦倒一生，站不住脚。我觉得这是世界各国成为定例的事实。最近又在《语丝》上读到《民众主义和天才》[3]和你底《"醉眼"中的朦胧》两篇文字，确实提醒了此刻现在做着似是而非的平凡主义和革命文学的迷梦的人们之朦胧不少，至少在我是这样。

　　我相信文艺思潮无论变到怎样，而艺术本身有无限的价值等级存在，这是不得否认的。这是说，文艺之流，从最初的什么主义到现在的什么主义，所写着的内容，如何不同，而要有精刻熟练的才技，造成一篇优美无媲的文艺作品，终是一样。一条长江，上流和下流所呈现的形相，虽然不同，而长江还是一条长江。我们看它那下流的广大深缓，足以灌田亩，驶巨舶，便忘记了给它形成这广大深缓的来源，已觉糊涂到透顶。若再断章取义，说：此刻现在，我们所要的是长江的下流，因为可以利用,增加我们的财富,上流的长江可以不要,有着简直无用。这是完全以经济价值去评断长江本身整个的价值了。这种评断,出于着眼在经济价值的商人之口,不足为怪;出于着眼在艺术价值的文艺家之口,未免昏乱至于无可救药了。因为拿艺术价值去评断长江之上流,未始没有意义,或竟比之下流较为自然奇伟,也未可知。

真与美是构成一件成功的艺术品的两大要素。而构成这真与美至于最高等级,便是造成一件艺术品,使它含有最高级的艺术价值,那便非赖最高级的天才不可了。如果这个论断可以否认,那末我们为什么称颂荷马,但丁,沙士比亚和歌德呢?我们为什么不能创造和他们同等的文艺作品呢,我们也有观察现象的眼,有运用文思的脑,有握管伸纸的手?

在现在,离开人生说艺术,固然有躲在象牙塔里忘记时代之嫌;而离开艺术说人生,那便是政治家和社会运动家的本相,他们无须谈艺术了。由此说,热心革命的人,尽可投入革命的群众里去,冲锋也好,做后方的工作也好,何必拿文艺作那既稳当又革命的勾当?

我觉得许多提倡革命文学的所谓革命文艺家,也许是把表现人生这句话误解了。他们也许以为十九世纪以来的文艺,所表现的都是现实的人生,在那里面,含有显著的时代精神。文艺家自惊醒了所谓"象牙之塔"的梦以后,都应该跟着时代环境奔走;离开时代而创造文艺,便是独善主义或贵族主义的文艺了。他们看到易卜生之伟大,看到陀斯妥以夫斯奇的深刻,尤其看到俄国革命时期内的作家叶遂宁和戈理基们的热切动人；便以为现在此后的文艺家都须拿当时的生活现象来诅咒，刻划，予社会以改造革命的机会，使文艺变为民众的和革命的文艺。生在所谓"世纪末"的现代社会里面的人，除非是神经麻木了的，未始不会感到苦闷和悲哀。文艺家终比一般人感觉锐敏一点。摆在他们眼前的既是这么一个社会，蕴在他们心中的当有怎么一种情绪呢！他们有表现或刻划的才技，他们便要如实地写了出来，便无意地成为这时代的社会的呼声了。然而他们还是忠于自己，忠于自己的艺术，忠于自己的情知。易卜生被称颂为改革社会的先驱，陀思妥以夫斯奇被称为人道主义的极致者，还须赖他们自己特有的精妙的才技，经几个真知灼见的批评者为之阐扬而后可。然而，真能懂得他们的艺术的，究竟还是少数。至于叶遂宁是碰死在自己的希望碑上不必说了，戈理基呢，听人说，已有点灰色了。这且不说。便是以艺术本身而论，他何常不崇尚真切精到的才技？我曾看到他的一首讥笑那不切实的诗人的诗。况且我们以艺术价值去衡量他的作品，是否他已是了不得的作家了，究竟还是疑问呵。

　　实在说，文艺家是不会抛弃社会的，他们是站在民众里面的。有一位否认有条件的文艺批评者，对于泰奴（Taine）[4]的时间条件，认为不确，其理由是：文艺家是看前五十年。我想，看前五十年的文艺家，还是站在那时候，以那时候的生活环境做地盘而出发，所以他毕竟是那时候的民众之一员，而能在朦胧平安中看出残缺和破败。他们便以熟练的才技，写出这种残缺和破败，于艺术上达到高级的价值为止，在他们自己的能力范围之内。在创造时,他们也许只顾到艺术的精细微妙,并没想到如何激动民众,予民众以强烈的刺激,使他们血脉偾张,而从事于革命。

我们如果承认艺术有独立的无限的价值,艺术家有完成艺术本身最终目的之必要,那末我们便不能而且不应该撇开艺术价值去指摘艺术家的态度,这和拿艺术家的现实行为去评断他的艺术作品者一样可笑。波特来耳的诗并不因他的狂放而稍减其价值。浅薄者许要咒他为人群的蛇蝎,却不知道他底厌弃人生,正是他的渴慕人生之反一面的表白。我们平常讥刺一个人,还须观察到他的深处,否则便见得浮薄可鄙。至于拿了自己的似是而非的标准,既没有看到他的深处,又抛弃了衡量艺术价值的尺度,便无的放矢地攻刺一个忠于艺术的人,真的糊涂呢还是别有用意!这不过使我们觉到此刻现在的中国文艺界真不值一谈,因为以批评成名而又是创造自许的所谓文艺家者,还是这样地崇奉功利主义呵!

我——自然不是什么文艺家——喜欢读些高级的文艺作品,颇多古旧的东西,很有人说这是迷旧的时代摈弃者。他们告诉我,现在是民众文艺当世了,崭新的专为第四阶级玩味的文艺当世了。我为之愕然者久之,便问他们:民众文艺怎样写法?文艺家用什么手段,使民众都能玩味?现在民众文艺已产生了若干部?革了命之后的民众能够赏识所谓民众文艺者已有几分之几?莫非现在有许多新《三字经》,或新《神童诗》出版了么?我真不知民众化的文艺如何化法,化在内容呢,那我们本有表现民众生活的文艺了的;化在技艺上吧,那末一首国民革命歌尽够充数了,你听:"国民革命成功……齐欢唱……"多么宏壮而明白呵!我们为什么还要别的文艺?他们不能明确地回答,而我也糊涂到而今。此刻现在,才从《民众主义与天才》一文里得了答案,是:

"无论民众艺术如何地主张艺术的普遍性或平等性,但艺术作品无论如何自有无限的价值等差,这个事实是不可否认的。所谓普遍性啦,平等性啦这一类话,意思不外乎是说艺术的内容是关于广众的民间生活或关于人生的普遍事象,而有这种内容的艺术,始可以供给一般民众的玩味。艺术备有像这种意味的普遍性和平等性不待说是不可以否认的,然而艺术作品既有无限的价值等级存在。以上,那些比较高级的艺术品,好,就可以说多少能够供给一般民众的玩味,若要说一切人都能够一样的精细,一样的深刻,一样的微妙——换句话说,绝对平等的来玩味它,那无论如何是不得有的事实。"

记得有人说过这样的话:最先进的思想只有站在最高层的先进的少数人能够了解,等到这种思想透入群众里去的时候,已经不是先进的思想了。这些话,是告诉我们芸芸众生,到底有一大部分感觉不敏的。世界上有这样的不平等,除了诅咒造物的不公,我们还能怨谁呢?这是事实。如果不是事实,人类的演进史,可以一笔抹杀,而革命也不能发生了。世界文化的推进,全赖少数先觉之冲锋陷阵,如果各个人的聪明才智,都是相等,文化也早就发达到极致了,世界也就大同了,所谓"螺旋式进行"一句话,还不是等于废话?艺术是文化的一部,文化有进退,艺术自不能除外。民众化的艺术,以艺本身有无限的价值等差来说,简直不能成立。自然,借文艺以革命这梦呓,也终究是一种梦呓罢了!

以上是我的意思,未知先生以为如何?

一九二八,三,二五,冬芬[5]。

回　　信

冬芬先生:

我不是批评家,因此也不是艺术家,因为现在要做一个什么家,总非自己或熟人兼做批评不可,没有一伙,是不行的,至少,在现在的上海滩上。因为并非艺术家,所以并不以为艺术特别崇高,正如自己不卖膏药,便不来打拳赞药一样。我以为这不过是一种社会现象,是时代的人生记录,人类如果进步,则无论他所写的是外表,是内心,总要陈旧,以至灭亡的。不过近来的批评家,似乎很怕这两个字,只想在文学上成仙。

各种主义的名称的勃兴,也是必然的现象。世界上时时有革命,自然会有革命文学。世界上的民众很有些觉醒了,虽然有许多在受难,但也有多少占权,那自然也会有民众文学——说得彻底一点,则第四阶级文学。

中国的批评界怎样的趋势,我却不大了然,也不很注意。就耳目所及,只觉得各专家所用的尺度非常多,有英国美国尺,有德国尺,有俄国尺,有日本尺,自然又有中国尺,或者兼用各种尺。有的说要真正,有的说要斗争,有的说要超时代[6],有的躲在人背后说几句短短的冷话。还有,是自己摆着文艺批评家的架子,而憎恶别人的鼓吹了创作。倘无创作,将批评什么呢,这是我最所不能懂得他的心肠的。

别的此刻不谈。现在所号称革命文学家者,是斗争和所谓超时代。超时代其实就是逃避,倘自己没有正视现实的勇气,又要挂革命的招牌,便自觉地或不自觉地必然地要走入那一条路的。身在现世,怎么离去?这是和说自己用手提着耳朵,就可以离开地球者一样地欺人。社会停滞着,文艺决不能独自飞跃,若在这停滞的社会里居然滋长了,那倒是为这社会所容,已经离开革命,其结果,不过多卖几本刊物,或在大商店的刊物上挣得揭载稿子的机会罢了。

斗争呢,我倒以为是对的。人被压迫了,为什么不斗争?正人君子者流深怕这一着,于是大骂"偏激"之可恶,[7]以为人人应该相爱,现在被一班坏东西教坏了。他们饱人大约是爱饿人的,但饿人却不爱饱人,黄巢时候,人相食,[8]饿人尚且不爱饿人,这实在无须斗争文学作怪。我是不相信文艺的旋乾转坤的力量的,但倘有人要在别方面应用他,我以为也可以。譬如"宣传"就是。

美国的辛克来儿说:一切文艺是宣传。[9]我们的革命的文学者曾经当作宝贝,用大字印出过,而严肃的批评家又说他是"浅薄的社会主义者"。但我——也浅薄——相信辛克来儿的话。一切文艺,是宣传,只要你一给人看。即使个人主义的作品,一写出,就有宣传的可能,除非你不作文,不开口。那么,用于革命,作为工具的一种,自然也可以的。

但我以为当先求内容的充实和技巧的上达,不必忙于挂招牌。"稻香村""陆稿荐"〔10〕,已经不能打动人心了,"皇太后鞋店"的顾客,我看见也并不比"皇后鞋店"里的多。一说"技巧",革命文学家是又要讨厌的。但我以为一切文艺固是宣传,而一切宣传却并非全是文艺,这正如一切花皆有色(我将白也算作色),而凡颜色未必都是花一样。革命之所以于口号,标语,布告,电报,教科书……之外,要用文艺者,就因为它是文艺。

但中国之所谓革命文学,似乎又作别论。招牌是挂了,却只在吹嘘同伙的文章,而对于目前的暴力和黑暗不敢正视。作品虽然也有些发表了,但往往是拙劣到连报章记事都不如;或则将剧本的动作辞句都推到演员的"昨日的文学家"〔11〕身上去。那么,剩下来的思想的内容一定是很革命底了罢?我给你看两句冯乃超的剧本的结末的警句:

"野雉:我再不怕黑暗了。

偷儿:我们反抗去!"

四月四日。鲁迅。

* * *

〔1〕 本篇最初发表于1928年4月16日《语丝》第四卷第十六期。

〔2〕 《新闻报》 1893年2月17日创刊于上海的日报,1949年5月27日停刊。1928年1月29日、30日该报曾连载鲁迅1927年12月21日在上海暨南大学的讲演《文艺与政治的歧途》(后收入《集外集》)。

〔3〕 《民众主义和天才》 日本作家金子筑水作,YS译文载《语丝》第四卷第十期(1928年3月5日)。

〔4〕 泰奴(1828—1893) 通译泰纳,法国文艺理论家。他认为:民族、环境、时代是决定文学艺术的三个重要因素。在他所著《艺术哲学》一书中充分发挥了这个论点。

〔5〕 冬芬 即董秋芳(1897—1977),浙江绍兴人,翻译家。当时是北京大学英文系学生。

〔6〕 超时代 当时革命文学运动中部分人提出的文学主张,如钱杏邨在《太阳月刊》1928年3月号发表的《死去了的阿Q时代》中说:"无论从那一国的文学去看,真正的时代的作家,他的著作没有不顾及时代的,没有不代表时代的。超越时代的这一点精神就是时代作家的唯一生命!"并批评鲁迅的著作"没有超越时代"。

〔7〕 正人君子者流 指新月社中人。他们在《新月》月刊创刊号(1928年3月)的发刊词《"新月"的态度》中,指责革命文学"偏激",是他们的"态度所不容的"。又说:"我们不崇拜任何的偏激因为我们相信社会的纪纲是靠着积极的情感来维系的,在一个常态社会的天平上,情爱的分量一定超过仇恨的分量,互助的精神一定超过互害与互杀的动机。"

〔8〕 黄巢(?—884) 曹州冤句(今山东曹县)人,唐末农民起义领袖。曾建立大齐政权。据新、旧《唐书·黄巢传》记载,中和三年(883)他率起义军退出长安(今西安),途中受敌人围困,粮食匮乏,起义军曾"俘人而食"。

〔9〕 辛克莱在《拜金艺术(艺术之经济学的研究)》一书中曾说:"一切的艺术是宣传"。《文化批判》第二号(1928年2月)刊载冯乃超的译文时,将这句话用大号字标出。列宁曾在《英国的和平主义和英国

的不爱理论》一文中称辛克莱"是一个好动感情而缺乏理论修养的社会主义者"。

〔10〕 "稻香村""陆稿荐" 过去上海等大城市有名的食品店和肉食店牌号。

〔11〕 "昨日的文学家" 冯乃超在独幕话剧《同在黑暗的路上走》(1928年1月《文化批判》第一号)的"附识"中说:"戏曲的本质应该在人物的动作上面去求,洗练的会话,深刻的事实,那些工作让给昨日的文学家去努力吧。"篇末所引就是这个剧本中的对话。

扁[1]

中国文艺界上可怕的现象,是在尽先输入名词,而并不绍介这名词的函义。

于是各各以意为之。看见作品上多讲自己,便称之为表现主义;多讲别人,是写实主义;见女郎小腿肚作诗,是浪漫主义;见女郎小腿肚不准作诗,是古典主义;天上掉下一颗头,头上站着一头牛,爱呀,海中央的青霹雳呀……是未来主义……等等。

还要由此生出议论来。这个主义好,那个主义坏……等等。

乡间一向有一个笑谈:两位近视眼要比眼力,无可质证,便约定到关帝庙去看这一天新挂的扁额。他们都先从漆匠探得字句。但因为探来的详略不同,只知道大字的那一个便不服,争执起来了,说看见小字的人是说谎的。又无可质证,只好一同探问一个过路的人。那人望了一望,回答道:"什么也没有。扁还没有挂哩。"[2]

我想,在文艺批评上要比眼力,也总得先有那块扁额挂起来才行。空空洞洞的争,实在只有两面自己心里明白。

四月十日。

* * *

〔1〕 本篇最初发表于1928年4月23日《语丝》第四卷第十七期"随感录"栏。

〔2〕 这个笑话,在清代崔述的《考信录提要》中有记载。

路[1]

又记起了 Gogol[2] 做的《巡按使》的故事：

中国也译出过的。一个乡间忽然纷传皇帝使者要来私访了，官员们都很恐怖，在客栈里寻到一个疑似的人，便硬拉来奉承了一通。等到奉承十足之后，那人跑了，而听说使者真到了，全台演了一个哑口无言剧收场。

上海的文界今年是恭迎无产阶级文学使者，沸沸扬扬，说是要来了。问问黄包车夫，车夫说并未派遣。这车夫的本阶级意识形态不行，早被别阶级弄歪曲了罢。另外有人把握着，但不一定是工人。于是只好在大屋子里寻，在客店里寻，在洋人家里寻，在书铺子里寻，在咖啡馆里寻……。

文艺家的眼光要超时代，所以到否虽不可知，也须先行拥篲清道，或者伛偻奉迎。于是做人便难起来，口头不说"无产"便是"非革命"，还好；"非革命"即是"反革命"，可就险了。这真要没有出路。

现在的人间也还是"大王好见，小鬼难当"的处所。出路是有的。何以无呢？只因多鬼祟，他们将一切路都要糟蹋了。这些都不要，才是出路。自己坦坦白白，声明了因为没法子，只好暂在炮屁股上挂一挂招牌，倒也是出路的萌芽。

"地火在地下运行，奔突；熔岩一旦喷出，将烧尽一切野

89

草,以及乔木,于是并且无可朽腐。

"但我坦然,欣然。我将大笑,我将歌唱。"(《野草》序)

还只说说,而革命文学家似乎不敢看见了,如果因此觉得没有了出路,那可实在是很可怜,令我也有些不忍再动笔了。

四月十日。

* * *

〔1〕 本篇最初发表于1928年4月23日《语丝》第四卷第十七期。

〔2〕 Gogol 果戈理(Н. В. Гоголь,1809—1852),俄国作家。著有长篇小说《死魂灵》、喜剧《钦差大臣》(即《巡按使》)等。

头[1]

三月二十五日的《申报》上有一篇梁实秋[2]教授的《关于卢骚》[3]，以为引辛克来儿的话来攻击白璧德[4]，是"借刀杀人"，"不一定是好方法"。至于他之攻击卢骚[5]，理由之二，则在"卢骚个人不道德的行为，已然成为一般浪漫文人行为之标类的代表，对于卢骚的道德的攻击，可以说即是给一般浪漫的人的行为的攻击。……"

那么，这虽然并非"借刀杀人"，却成了"借头示众"了。假使他没有成为"一般浪漫文人行为之标类的代表"，就不至于路远迢迢，将他的头挂给中国人看。一般浪漫文人，总算害了遥拜的祖师，给了他一个死后也不安静。他现在所受的罚，是因为影响罪，不是本罪了，可叹也夫！

以上的话不大"谨饬"，因为梁教授不过要笔伐，并未说须挂卢骚的头，说到挂头，是我看了今天《申报》上载湖南共产党郭亮"伏诛"后，将他的头挂来挂去，"遍历长岳"，[6]偶然拉扯上去的。可惜湖南当局，竟没有写了列宁（或者溯而上之，到马克斯；或者更溯而上之，到黑格尔等等）的道德上的罪状，一同张贴，以正其影响之罪也。湖南似乎太缺少批评家。

记得《三国志演义》[7]记袁术（？）死后，后人有诗叹道：

91

"长揖横刀出,将军盖代雄,头颅行万里,失计杀田丰。"[8]当三个有闲之暇,也活剥一首来吊卢骚:

"脱帽怀铅[9]出,先生盖代穷。头颅行万里,失计造儿童。[10]"

四月十日。

* * *

〔1〕 本篇最初发表于1928年4月23日《语丝》第四卷第十七期。

〔2〕 梁实秋(1902—1987) 原籍浙江杭县(今余杭),生于北京。新月社主要成员。他经常宣传白璧德的新人文主义理论。

〔3〕 梁实秋的《关于卢骚——答郁达夫先生》,发表于1928年3月25日上海《时事新报》"书报春秋"栏内,鲁迅误记为《申报》。《时事新报》,1907年12月创刊于上海,初名《时事报》,1911年5月18日起改名《时事新报》,1949年5月停刊。

〔4〕 白璧德(I. Babbitt,1865—1933) 美国文学批评家,新人文主义美学创始人之一,哈佛大学教授。他主张文学应该恢复欧洲古典的人文主义传统,以"人的法则"反对"物的法则",提倡表现均衡的人性,否定包括浪漫主义、批判现实主义在内的自然主义倾向。代表作有《新拉奥孔》、《卢梭与浪漫主义》、《批评家与美国生活》等。

〔5〕 卢骚(J. J. Rousseau,1712—1778) 通译卢梭,法国启蒙思想家。著有《民约论》、《爱弥儿》、《忏悔录》等。

〔6〕 郭亮(1901—1928) 湖南长沙人,湖南工人运动领导人之一。历任湖南省总工会委员长、中共湖南省委书记、湘鄂赣边区特委书记等职。1928年3月27日因叛徒告密在岳阳被国民党当局逮捕,29日

在长沙壮烈牺牲。《申报》4月10日刊载的《郭亮在湘伏诛续闻》中说："郭亮首级之转运、郭首用木笼装置、悬在司门口者数日矣、兹铲共法院、因郭系铜官人、在该地作恶更多、特于昨日将郭首运往铜官、示众三日、期满再解往岳州示众、是郭之首级、将遍历长岳矣。"

〔7〕 《三国志演义》 即《三国演义》，长篇历史小说，元末明初罗贯中作，通行本为一百二十回。这里袁术应为袁绍。该书第三十、三十一回写有袁绍杀田丰的事：田丰为袁绍谋士，曾劝阻袁暂不攻打曹操，袁认为他沮丧军心，把他拘禁，后来被曹操打败，遂将他杀掉；第三十五回写他的儿子袁熙、袁尚投奔辽东军阀公孙康。相见时袁尚要求榻上铺席，公孙康叱道："汝二人之头将行万里！何席之有？"便命左右砍下他们的头，使人送给在易州的曹操。

〔8〕 这诗是清代王士禛作的《咏史小乐府三十首·杀田丰》(见《带经堂全集·乙巳稿》)。第二句中的盖，原作一。"长揖横刀出"，语出《后汉书·袁绍传》：东汉献帝时，董卓欲谋废立，袁绍反对，董卓"复言'刘氏种不足复遗'。绍勃然曰：'天下健者，岂唯董公！'横刀长揖径出，悬节于上东门，而奔冀州。"

〔9〕 铅 我国古代书写工具之一。晋代葛洪撰的《西京杂记》载有汉代扬雄"怀铅提椠"，到处搜求方言的故事。

〔10〕 卢梭于1762年出版教育小说《爱弥儿》，提倡儿童身心的自由发展，批判封建贵族和教会的教育制度。当时法国当局曾为此下令焚毁该书并逮捕作者，卢梭被迫逃往瑞士、英国等地，直到1770年才重返巴黎。

通 信[1]

来　信

鲁迅先生：

精神和肉体，已被困到这般地步——怕无以复加，也不能形容——的我，不得不撑了病体向"你老"作最后的呼声了！——不，或者说求救，甚而是警告！

好在你自己也极明白：你是在给别人安排酒筵，"泡制醉虾"[2]的一个人。我，就是其间被制的一个！

我，本来是个小资产阶级里的骄子，温乡里的香花。有吃有着，尽可安闲地过活。只要梦想着的"方帽子"到手了也就满足，委实一无他求。

《呐喊》出版了，《语丝》发行了（可怜《新青年》时代，我尚看不懂呢），《说胡须》，《论照相之类》一篇篇连续地戟刺着我的神经。当时，自己虽是青年中之尤青者，然而因此就感到同伴们的浅薄和盲目。"革命！革命！"的叫卖，在马路上呐喊得洋溢，随了所谓革命的势力，也奔腾澎湃了。我，确竟被其吸引。当然也因我嫌弃青年的浅薄，且想在自己生命上找一条出路。那知竟又被我认识了人类的欺诈，虚伪，阴险……的本性！果然，不久，军阀和政客们弃了身上的蒙皮，而显出本来的狰狞面目！我呢，也随了所谓"清党"之声而把我一颗沸腾着的热烈的心清去。当时想："素以敦厚诚朴"的第四阶级，和那些"遁世之士"的"居士"们，或许尚足为友吧？——唉，真的，"令弟"岂明先生说得是："中国虽然有阶级，可是思想是相同的，都是升官发财"[3]，而且我几疑置身在纪元前的社会里了，那种愚蠢比鹿豕还要愚蠢的言动（或者国粹家正以为这是国粹呢！），真不禁令我茫然——茫然于叫我究竟怎么办呢？

利，莫利于失望之矢。我失望，失望之矢贯穿了我的心，于是乎吐血。转辗床上不能动已几个月！

不错，没有希望之人应该死，然而我没有勇气，而且自己还年青，仅仅廿一岁。还有爱人。不死，则精神和肉体，都在痛苦中挨生活，差不多每秒钟，爱人亦被生活所压迫着。我自己，薄薄的遗产已被"革命"革去了。所以非但不能相慰，相对亦徒唏嘘！

不识不知幸福了，我因之痛苦。然而施这毒药者是先生，我实完全被先生所"泡制"。先生，我既已被引至此，索性请你指示我所应走的最终的道路。不然，则请你麻痹了我的神经，因为不识不知是幸福的，好在你是习医，想必不难"还我头来"！我将效梁遇春[4]先生(?)之言而大呼。

末了，更劝告你的："你老"现在可以歇歇了，再不必为军阀们赶制适口的鲜味，保全几个像我这样的青年。倘为生活问题所驱策，则可以多做些"拥护"和"打倒"的文章，以你先生之文名，正不愁富贵之不及，"委员""主任"，如操左券也。

快呀,请指示我!莫要"为德不卒"!

或《北新》,或《语丝》上答复均可。能免,莫把此信刊出,免笑。

原谅我写得草率,因病中,乏极!

　　　　　一个被你毒害的青年Y。枕上书。

　　　　　　　　三月十三日。

Y先生:

我当答复之前,先要向你告罪,因为我不能如你的所嘱,不将来信发表。来信的意思,是要我公开答复的,那么,倘将原信藏下,则我的一切所说,便变成"无题诗N百韵",令人莫名其妙了。况且我的意见,以为这也不足耻笑。自然,中国很有为革命而死掉的人,也很有虽然吃苦,仍在革命的人,但也有虽然革命,而在享福的人……。革命而尚不死,当然不能算革命到底,殊无以对死者,但一切活着的人,该能原谅的罢,彼此都不过是靠侥幸,或靠狡猾,巧妙。他们只要用镜子略略一照,大概就可以收起那一副英雄嘴脸来的。

我在先前,本来也还无须卖文糊口的,拿笔的开始,是在应朋友的要求。不过大约心里原也藏着一点不平,因此动起笔来,每不免露些愤言激语,近于鼓动青年的样子。段祺瑞[5]执政之际,虽颇有人造了谣言,但我敢说,我们所做的那些东西,决不沾别国的半个卢布,阔人的一文津贴,或者书铺的一点稿费。我也不想充"文学家",所以也从不连络一班同伙的批评家叫好。几本小说销到上万,是我想也没有想到的。

至于希望中国有改革,有变动之心,那的确是有一点的。虽然有人指定我为没有出路——哈哈,出路,中状元么——的作者,"毒笔"的文人,但我自信并未抹杀一切。我总以为下等人胜于上等人,青年胜于老头子,所以从前并未将我的笔尖的血,洒到他们身上去。我也知道一有利害关系的时候,他们往往也就和上等人老头子差不多了,然而这是在这样的社会组织之下,势所必至的事。对于他们,攻击的人又正多,我何必再来助人下石呢,所以我所揭发的黑暗是只有一方面的,本意实在并不在欺蒙阅读的青年。

以上是我尚在北京,就是成仿吾所谓"蒙在鼓里"做小资产阶级时候的事。但还是因为行文不慎,饭碗敲破了,并且非走不可了,所以不待"无烟火药"来轰,便辗转跑到了"革命策源地"。住了两月,我就骇然,原来往日所闻,全是谣言,这地方,却正是军人和商人所主宰的国土。于是接着是清党,详细的事实,报章上是不大见的,只有些风闻。我正有些神经过敏,于是觉得正像是"聚而歼旃"[6],很不免哀痛。虽然明知道这是"浅薄的人道主义"[7],不时髦已经有两三年了,但因为小资产阶级根性未除,于心总是戚戚。那时我就想到我恐怕也是安排筵宴的一个人,就在答有恒先生的信中,表白了几句。

先前的我的言论,的确失败了,这还是因为我料事之不明。那原因,大约就在多年"坐在玻璃窗下,醉眼朦胧看人生"的缘故。然而那么风云变幻的事,恐怕世界上是不多有的,我没有料到,未曾描写,可见我还不很有"毒笔"。但是,那时的情形,却连在十字街头,在民间,在官间,前看五十年的超时代的革命文学家也似乎没有看到,所以毫不先行"理论斗争"。否则,该可以救出许多人的罢。我在这里引出革命文学家来,并非要在事后讥笑他们的愚昧,不过是说,我的看不到后来的变幻,乃是我还欠刻毒,因此便发生错误,并非我和什么人协商,或自己要做什么,立意来欺人。

但立意怎样,于事实是无干的。我疑心吃苦的人们中,或不免有看了我的文章,受了刺戟,于是挺身出而革命的青年,所以实在很苦痛。但这也因为我天生的不是革命家的缘故,倘是革命巨子,看这一点牺牲,是不算一回事的。第一是自己活着,能永远做指导,因为没有指导,革命便不成功了。你看革命文学家,就都在上海租界左近,一有风吹草动,就有洋鬼子造成的铁丝网,将反革命文学的华界隔离,于是从那里面掷出无烟火药——约十万两——来,轰然一声,一切有闲阶级便都"奥伏赫变"了。

那些革命文学家,大抵是今年发生的,有一大串。虽然还在互相标榜,或互相排斥,我也分不清是"革命已经成功"的文学家呢,还是"革命尚未成功"的文学家。不过似乎说是因为有了我的一本《呐喊》或《野草》,或我们印了《语丝》,所以革命还未成功,或青年懒于革命了。这口吻却大家大略一致的。这是今年革命文学界的舆论。对于这些舆论,我虽然又好气又好笑,但也颇有些高兴。因为虽然得了延误革命的罪状,而一面却免去诱杀青年的内疚了。那么,一切死者,伤者,吃苦者,都和我无关。先前真是擅负责任。我先前是立意要不讲演,不教书,不发议论,使我的名字从社会上死去,算是我的赎罪的,今年倒心里轻松了,又有些想活动。不料得了你的信,却又使我的心沉重起来。

但我已经没有去年那么沉重。近大半年来,征之舆论,按之经验,知道革命与否,还在其人,不在文章的。你说我毒害了你了,但这里的批评家,却明明说我的文字是"非革命"的。假使文学足以移人,则他们看了我的文章,应该不想做革命文学了,现在他们已经看了我的文章,断定是"非革命",而仍不灰心,要做革命文学者,可见文字于人,实在没有什么影响,——只可惜是同时打破了革命文学的牌坊。不过先生和我素昧平生,想来决不至于诬栽我,所以我再从别一面来想一想。第一,我以为你胆子太大了,别的革命文学家,因为我描写黑暗,便吓得屁滚尿流,以为没有出路了,所以他们一定要讲最后的胜利,付多少钱终得多少利,像人寿保险公司一般。而你并不计较这些,偏要向黑暗进攻,这是吃苦的原因之一。既然太大胆,那么,第二,就是太认真。革命是也有种种的。你的遗产被革去了,但也有将遗产革来的,但也有连性命都革去的,也有只革到薪水,革到稿费,而倒捐了革命家的头衔的。这些英雄,自然是认真的,但若较原先更有损了,则我以为其病根就在"太"。第三,是你还以为前途太光明,所以一碰钉子,便大失望,如果先前不期必胜,则即使失败,苦痛恐怕会小得多罢。

那么,我没有罪戾么?有的,现在正有许多正人君子和革命文学家,用明枪暗箭,在办我革命及不革命之罪,将来我所受的伤的总计,我就划一部分赔偿你的尊"头"。

这里添一点考据:"还我头来"这话,据《三国志演义》,是关云长夫子说的,似乎并非梁遇春先生。

以上其实都是空话。一到先生个人问题的阵营,倒是十分难于动手了,这决不是什么"前进呀,杀呀,青年呵"那样英气勃勃的文字所能解决的。真话呢,我也不想公开,因为现在还是言行不大一致的好。但来信没有住址,无法答复,只得在这里说几句。第一,要谋生,谋生之道,则不择手段。且住,现在很有些没分晓汉,以为"问目的不问手段"是共产党的口诀,这是大错的。人们这样的很多,不过他们不肯说出口。苏俄的学艺教育人民委员卢那却尔斯奇[8]所作的《被解放的吉诃德先生》里,将这手段使一个公爵使用,可见也是贵族的东西,堂皇冠冕。第二,要爱护爱人。这据舆论,是大背革命之道的。但不要紧,你只要做几篇革命文字,主张革命青年不该讲恋爱就好了。只是假如有一个有权者或什么敌前来问罪的时候,这也许仍要算一条罪状,你会后悔轻信了我的话。因此,我得先行声明:等到前来问罪的时候,倘没有这一节,他们就会找别一条的。盖天下的事,往往决计问罪在先,而搜集罪状(普通是十条)[9]在后也。

先生,我将这样的话写出,可以略蔽我的过错了罢。因为只这一点,我便可以又受许多伤。先是革命文学家就要哭骂道:"虚无主义者呀,你这坏东西呀!"呜呼,一不谨慎,又在新英雄的鼻子上抹了一点粉了。趁便先辩几句罢：无须大惊小怪，这不过不择手段的手段，还不是主义哩。即使是主义，我敢写出，肯写出，还不算坏东西。等到我坏起来，就一定将这些宝贝放在肚子里，手头集许多钱，住在安全地带，而主张别人必须做牺牲。

先生，我也劝你暂时玩玩罢，随便弄一点糊口之计，不过我并不希望你永久"没落"，有能改革之处，还是随时可以顺手改革的，无论大小。我也一定遵命，不但"歇歇"，而且玩玩。但这也并非因为你的警告，实在是原有此意的了。我要更加讲趣味，寻闲暇，即使偶然涉及什么，那是文字上的疏忽，若论"动机"或"良心"，却也许并不这样的。

纸完了，回信也即此为止。并且顺颂

痊安，又祝

令爱人不挨饿。

* * *

〔1〕 本篇最初发表于1928年4月23日《语丝》第四卷第十七期。

〔2〕 "泡制醉虾" 这是鲁迅在《答有恒先生》（收入《而已集》）一文中说过的话。

〔3〕 这里所引岂明（周作人）的话，见他在《语丝》第四卷第九期（1928年2月27日）发表的《爆竹》："事实上中国有'有产'与'无产'这两类，而其思想感情实无差别，有产者在升官发财中而希望更升更发者也，无产者希望将来升官发财者也，故生活上有两阶级，思想上只一阶

级,即为升官发财之思想。"

〔4〕 "还我头来" 这是《三国志演义》中关云长说的话。关云长在荆州战败,夜走麦城被杀,吴兵割下他的首级后仍"阴魂不散",到玉泉山向普静和尚诉冤,大呼"还我头来"(见该书第七十七回)。梁遇春(1904—1932),福建福州人,当时的青年作家。他在一篇题为《"还我头来"及其他》(载1927年8月《语丝》第一四六期)的文章中曾引用过这个典故。

〔5〕 段祺瑞(1865—1936) 安徽合肥人,北洋皖系军阀首领。袁世凯死后,在日本帝国主义支持下,几次把持北洋政府。1924年至1926年被推为北洋政府"临时执政"。

〔6〕 "聚而歼旃" 语出《左传》襄公二十八年。旃,助词,意为"之焉"。

〔7〕 "浅薄的人道主义" 郑伯奇于1923年底和1924年初在《创造周报》第三十三至三十五期上连载《国民文学论》,其中批评五四新文学运动和"平民文学"的提倡者说:"国民意识未经唤醒,国民感情未经燃着的新文学家,对于一般国民的生活依然不起研究的兴味。结果只生出了几篇浅薄的人道主义的作品,新文学运动的第一期就闭幕了。"

〔8〕 卢那却尔斯奇(А. В. Луначарский,1875—1933) 通译卢那察尔斯基,苏联文艺评论家。曾任苏联第一任教育人民委员部的人民委员(部长)。著有《艺术与革命》、《实证美学的基础》和剧本《被解放的吉诃德先生》等。鲁迅曾翻译过他的《艺术论》,1929年6月上海大江书铺出版。

〔9〕 鲁迅在1928年7月20日复晓真、康嗣群信(《集外集拾遗补编》)中说:"因为我常见攻击人的传单上所列的罪状,往往是十条,所以这么说,既非法律,也不是我拟的。"

太平歌诀[1]

四月六日的《申报》上有这样的一段记事：

"南京市近日忽发现一种无稽谣传，谓总理墓行将工竣，石匠有摄收幼童灵魂，以合龙口之举。市民以讹传讹，自相惊扰，因而家家幼童，左肩各悬红布一方，上书歌诀四句，借避危险。其歌诀约有三种：（一）人来叫我魂，自叫自当承。叫人叫不着，自己顶石坟。（二）石叫石和尚，自叫自承当。急早回家转，免去顶坟坛。（三）你造中山墓，与我何相干？一叫魂不去，再叫自承当。"（后略）

这三首中的无论那一首，虽只寥寥二十字，但将市民的见解：对于革命政府的关系，对于革命者的感情，都已经写得淋漓尽致。虽有善于暴露社会黑暗面的文学家，恐怕也难有做到这么简明深切的了。"叫人叫不着，自己顶石坟"。则竟包括了许多革命者的传记和一部中国革命的历史。

看看有些人们的文字，似乎硬要说现在是"黎明之前"。然而市民是这样的市民，黎明也好，黄昏也好，革命者们总不能不背着这一伙市民进行。鸡肋[2]，弃之不甘，食之无味，就要这样地牵缠下去。五十一百年后能否就有出路，是毫无把握的。

近来的革命文学家往往特别畏惧黑暗，掩藏黑暗，但市民却毫不客气,自己表现了。那小巧的机灵和这厚重的麻木相撞,便使革命文学家不敢正视社会现象,变成婆婆妈妈,欢迎喜鹊,憎厌枭鸣,只检一点吉祥之兆来陶醉自己,于是就算超出了时代。

恭喜的英雄,你前去罢,被遗弃了的现实的现代,在后面恭送你的行旌。

但其实还是同在。你不过闭了眼睛。不过眼睛一闭,"顶石坟"却可以不至于了,这就是你的"最后的胜利"。

四月十日。

* * *

〔1〕 本篇最初发表于1928年4月30日《语丝》第四卷第十八期。

〔2〕 鸡肋 语出《三国志·魏书·武帝纪》及裴松之注引《九州春秋》:建安二十四年(219)三月,曹操自长安出斜谷,兵临汉中,和刘备军队相持不下,打算退兵,"出令曰'鸡肋',官属不知所谓。主簿杨修便自严装,人惊问修:'何以知之'?修曰:'夫鸡肋,弃之如可惜,食之无所得,以比汉中,知王(曹操)欲还也。'"

铲 共 大 观[1]

仍是四月六日的《申报》上，又有一段《长沙通信》[2]，叙湘省破获共产党省委会，"处死刑者三十余人，黄花节斩决八名"。其中有几处文笔做得极好，抄一点在下面：

"……是日执行之后，因马（淑纯，十六岁；志纯，十四岁）傅（凤君，二十四岁）三犯，系属女性，全城男女往观者，终日人山人海，拥挤不通。加以共魁郭亮之首级，又悬之司门口示众，往观者更众。司门口八角亭一带，交通为之断绝。计南门一带民众，则看郭亮首级后，又赴教育会看女尸。北门一带民众，则在教育会看女尸后，又往司门口看郭首级。全城扰攘，铲共空气，为之骤张；直至晚间，观者始不似日间之拥挤。"

抄完之后，觉得颇不妥。因为我就想发一点议论，然而立刻又想到恐怕一面有人疑心我在冷嘲（有人说，我是只喜欢冷嘲的），一面又有人责罚我传播黑暗，因此咒我灭亡，自己带着一切黑暗到地底里去。但我熬不住，——别的议论就少发一点罢，单从"为艺术的艺术"[3]说起来，你看这不过一百五六十字的文章，就多么有力。我一读，便仿佛看见司门口挂着一颗头，教育会前列着三具不连头的女尸。而且至少是赤膊的，——但这也许我猜得不对，是我自己太黑暗之故。而许多"民众",一批是由北往南,一批是由南往北,挤着,嚷着……。再添一点蛇足,是脸上都表现着或者正在神往,或者已经满足的神情。在我所见的"革命文学"或"写实文学"中,还没有遇到过这么强有力的文学。批评家罗喀绥夫斯奇说的罢:"安特列夫竭力要我们恐怖,我们却并不怕;契诃夫不这样,我们倒恐怖了。"[4]这百余字实在抵得上小说一大堆,何况又是事实。

且住。再说下去,恐怕有些英雄们又要责我散布黑暗,阻碍革命了。一理是也有一理的,现在易犯嫌疑,忠实同志被误解为共党,或关或释的,报上向来常见。万一不幸,沉冤莫白,那真是……。倘使常常提起这些来,也许未免会短壮士之气。但是,革命被头挂退的事是很少有的,革命的完结,大概只由于投机者的潜入。也就是内里蛀空。这并非指赤化,任何主义的革命都如此。但不是正因为黑暗,正因为没有出路,所以要革命的么?倘必须前面贴着"光明"和"出路"的包票,这才雄赳赳地去革命,那就不但不是革命者,简直连投机家都不如了。虽是投机,成败之数也不能预卜的。

我临末还要揭出一点黑暗,是我们中国现在(现在!不是超时代的)的民众,其实还不很管什么党,只要看"头"和"女尸"。只要有,无论谁的都有人看,拳匪之乱,清末党狱[5],民二[6],去年和今年,在这短短的二十年中,我已经目睹或耳闻了好几次了。

四月十日。

※　※　※

〔1〕 本篇最初发表于1928年4月30日《语丝》第四卷第十八期。

〔2〕 《申报》的这则通讯题为《湘省共产党省委会破获》,下面的两句引语是它的副题。

〔3〕 "为艺术的艺术"　十九世纪法国作家戈蒂叶最早提出的一种文艺观点(见小说《莫班小姐》序)。他认为艺术应该超越一切功利而存在,创作的目的在于艺术本身,与社会政治无关。创造社早期也曾提过类似的主张。

〔4〕 罗喀绥夫斯奇(В. Л. Рогачевский,1874—1930)　通译罗加切夫斯基,苏联文学史家。他在1925年出版的《当代俄罗斯文学·契诃夫与新的道路》中说:"托尔斯泰批评安特列夫道:'他想吓我,然而并不怕',那么关于契诃夫,我们却可以相反地说,'他不吓我们,然而很怕人'。"

〔5〕 清末党狱　指清政府对革命党人的迫害,如囚禁章太炎、邹容,杀害秋瑾、徐锡麟等。

〔6〕 民二　民国二年(1913),孙中山领导广东、江西、安徽等省讨伐袁世凯,史称"二次革命";在此前后,袁世凯杀害了国民党代理理事长宋教仁等许多革命者。

我的态度气量和年纪[1]

英勇的刊物是层出不穷,"文艺的分野"[2]上的确热闹起来了。日报广告上的《战线》这名目就惹人注意,一看便知道其中都是战士。承蒙一个朋友寄给我三本,才得看见了一点枪烟,并且明白弱水[3]做的《谈中国现在的文学界》里的有一粒弹子,是瞄准着我的。为什么呢?因为先是《"醉眼"中的朦胧》做错了。据说错处有三:一是态度,二是气量,三是年纪。复述易于失真,还是将这粒子弹移置在下面罢:

"鲁迅那篇,不敬得很,态度太不兴了。我们从他先后的论战上看来,不能不说他的量气太窄了。最先(据所知)他和西滢战,继和长虹战[4],我们一方面觉得正直是在他这面,一方面又觉得辞锋太有点尖酸刻薄,现在又和创造社战,辞锋仍是尖酸,正直却不一定落在他这面。是的,仿吾和初梨两人对他的批评是可以有反驳的地方,但这应庄严出之,因为他们所走的方向不能算不对,冷嘲热刺,只有对于冥顽不灵者为必要,因为是不可理喻。对于热烈猛进的绝对不合用这种态度。他那种态度,虽然在他自己亦许觉得骂得痛快,但那种口吻,适足表出'老头子'的确不行吧了。好吧,这事本该是没有勉强的必要和可能,让各人走各人的路去好了。我们不禁想起了五四时的林琴南[5]先生了！"

这一段虽然并不涉及是非,只在态度,量气,口吻上,断定这"老头子的确不行",从此又自然而然地抹杀我那篇文字,但粗粗一看,却很像第三者从旁的批评。从我看来,"尖酸刻薄"之处也不少,作者大概是青年,不会有"老头子"气的,这恐怕因为我"冥顽不灵",不得已而用之的罢,或者便是自己不觉得。不过我要指摘,这位隐姓埋名的弱水先生,其实是创造社那一面的。我并非说,这些战士,大概是创造社里常见他的脚踪,或在艺术大学[6]里兼有一只饭碗,不过指明他们是相同的气类。因此,所谓《战线》,也仍不过是创造社的战线。所以我和西滢长虹战,他虽然看见正直,却一声不响,今和创造社战,便只看见尖酸,忽然显战士身而出现了。其实所断定的先两回的我的"正直",也还是死了已经两千多年了的老头子老聃[7]先师的"将欲取之必先与之"的战略,我并不感服这类的公评。陈西滢也知道这种战法的,他因为要打倒我的短评,便称赞我的小说,以见他之公正。[8]

即使真以为先两回是正直在我这面的罢,也还是因为这位弱水先生是不和他们同系,同社,同派,同流……。从他们那一面看来,事情可就两样了。我"和西滢战"了以后,现代系的唐有壬曾说《语丝》的言论,是受了墨斯科的命令;[9]"和长虹战"了以后,狂飙派的常燕生曾说《狂飙》的停版,也许因为我的阴谋[10]。但除了我们两方以外,恐怕不大有人注意或记得了罢。事不干己,是很容易滑过去的。

这次对于创造社,是的,"不敬得很",未免有些不"庄严";即使在我以为是直道而行,他们也仍可认为"尖酸刻薄"。于是"论战"便变成"态度战","量气战","年龄战"了。但成仿吾辈的对我的"态度",战士们虽然不屑留心到,在我本身是明白的。我有兄弟,自以为算不得就是我"不可理喻",而这位批评家于《呐喊》出版时,即加以讥刺道:"这回由令弟编了出来,真是好看得多了"。[11]这传统直到五年之后,再见于冯乃超的论文,说是"无聊赖地跟他弟弟说几句人道主义的美丽的说话"[12]。我的主张如何且不论,即使相同,何以说话相同便是"无聊赖地"？莫非一有"弟弟",就必须反对,一个讲革命,一个即该讲保皇,一个学地理,一个就得学天文么？还有,我合印一年的杂感为《华盖集》,另印先前所钞的小说史料为《小说旧闻钞》,是并不相干的。这位成仿吾先生却加以编排道:"我们的鲁迅先生坐在华盖之下正在抄他的'小说旧闻'。"这使李初梨很高兴,今年又抄在《文化批判》里,还乐得不可开交道,"他(成仿吾)这段文章,比'趣味文学'还更有趣些。"[13]但是还不够,他们因为我生在绍兴,绍兴出酒,便说"醉眼陶然";因为我年纪比他们大了,便说"老生",还要加注道:"若许我用文学的表现。"而这一个"老"的错处,还给《战线》上的弱水先生作为"的确不行"的根源。我自信对于创造社,还不至于用了他们的籍贯,家族,年纪,来作奚落的资料,不过今年偶然做了一篇文章,其中第一次指摘了他们文字里的矛盾和笑话而已。但是"态度"问题来了,"量气"问题也来了,连战士也以为尖酸刻薄。莫非必须我学革命文学家所指为"卑污"的托尔斯泰,毫无抵抗,或者上一呈文:"小资产阶级或有产阶级臣鲁迅诚惶诚恐谨呈革命的'印贴利更追亚,'[14]老爷麾下",这才不至于"的确不行"么？

至于我是"老头子",却的确是我的不行。"和长虹战"的时候,他也曾指出我这一条大错处,此外还嘲笑我的生病。[15]而且也是真的,我的确生过病,这回弱水这一位"小头子"对于这一节没有话说,可见有些青年究竟还怀着纯朴的心,很是厚道的。所以他将"冷嘲热刺"的用途,也瓜分开来,给"热烈猛进的"制定了优待条件。可惜我生得太早,已经不属于那一类,不能享受同等待遇了。但幸而我年青时没有真上战线去,受过创伤,倘使身上有了残疾,那就又添一件话柄,现在真不知道要受多少奚落哩。这是"不革命"的好处,应该感谢自己的。

其实这回的不行,还只是我不行,无关年纪的。托尔斯泰,克罗颇特庚[16],马克斯,虽然言行有"卑污"与否之分,但毕竟都苦斗了一生,我看看他们的照相,全有大胡子。因为我一个而抹杀一切"老头子",大约是不算公允的。然而中国呢,自然不免又有些特别,不行的多。少年尚且老成,老年当然成老。林琴南先生是确乎应该想起来的,他后来真是暮年景象,因为反对白话,不能论战,便从横道儿来做一篇影射小说[17],使一个武人痛打改革者,——说得"美丽"一点,就是神往于"武器的文艺"了。旧的和新的,往往有极其相同之点——如：个人主义者和社会主义者往往都反对资产阶级,保守者和改革者往往都主张为人生的艺术,都讳言黑暗,棒喝主义者和共产主义者都厌恶人道主义等——林琴南先生的事也正是一个证明。至于所以不行之故,其关键就全在他生得更早,不知道这一阶级将被"奥服赫变",及早变计,于是归根结蒂,分明现出 Fascist 本相了。但我以为"老头子"如此,是不足虑的,他总比青年先死。林琴南先生就早已死去了。可怕的是将为将来柱石的青年,还象他的东拉西扯。

又来说话,量气又太小了,再说下去,就要更小,"正直"岂但"不一定"在这一面呢,还要一定不在这一面。而且所说的又都是自己的事,并非"大贫"[18]的民众……。但是,即使所讲的只是个人的事,有些人固然只看见个人,有些人却也看见背景或环境。例如《鲁迅在广东》这一本书,今年战士们忽以为编者和被编者希图不朽,[19]于是看得"烦躁",也给了一点对于"冥顽不灵"的冷嘲。我却以为这太偏于唯心论了,无所谓不朽,不朽又干吗,这是现代人大抵知道的。所以会有这一本书,其实不过是要黑字印在白纸上,订成一本,作商品出售罢了。无论是怎样泡制法,所谓"鲁迅"也者,往往不过是充当了一种的材料。这种方法,便是"所走的方向不能算不对"的创造社也在所不免的。托罗兹基[20]虽然已经"没落",但他曾说,不含利害关系的文章,当在将来另一制度的社会里。我以为他这话却还是对的。

四月二十日。

* * *

　　〔1〕 本篇最初发表于1928年5月7日《语丝》第四卷第十九期。

　　〔2〕 "文艺的分野" 当时创造社成员的常用语。如《文化批

判》第二号(1928年2月)成仿吾在《打发他们去》一文中说:"在文艺的分野,把一切麻醉我们的社会意识的迷药与赞扬我们的敌人的歌辞清查出来,给还它们的作家,打发他们一道去。"

〔3〕 《战线》 文艺性周刊,1928年4月1日在上海创刊,出至第五期停刊。署名弱水的这篇文章,原题《谈现在中国的文学界》,载该刊第一期。弱水,即潘梓年(1893—1972),江苏宜兴人,哲学家。

〔4〕 和西滢战 1925年至1926年间,鲁迅与现代评论派的陈西滢等围绕女师大事件、五卅惨案和三一八惨案,进行了激烈的论战。和长虹战,指1926年底鲁迅对高长虹的诽谤言论所进行的回击。

〔5〕 林琴南(1852—1924) 名纾,号畏庐,福建闽侯(今属福州)人,翻译家。他曾据别人口述,以文言翻译欧美文学作品一百多种,在当时影响很大,后集为《林译小说》。他晚年是反对五四新文化运动的守旧派代表人物。

〔6〕 艺术大学 即上海艺术大学,周勤豪创办的专教绘画的学校,1928年得到创造社的合作,开设文学、美术和社会科学三个系,主要课程由创造社成员分担。

〔7〕 老聃(约前571—?) 即老子,姓李,名耳,字聃,春秋末期楚国人,道家学派的创始人。引语出自《道德经》:"将欲夺之,必固与之。"

〔8〕 陈西滢(1896—1970) 名源,字通伯,笔名西滢,江苏无锡人,现代评论派主要成员。曾任北京大学、武汉大学教授。他在《现代评论》第三卷第七十一期(1926年4月17日)的"闲话"中,先说鲁迅的《呐喊》是新文学最初十年短篇小说的"代表作品",又说鲁迅的杂文:"我不能因为我不尊敬鲁迅先生的人格,就不说他的小说好,我也不能因为佩服他的小说,就称赞他其余的文章。我觉得他的杂感,除了《热

风》中二三篇外,实在没有一读的价值。"

〔9〕 唐有壬(1893—1935) 湖南浏阳人。《现代评论》的经常撰稿人,后曾任国民党政府外交次长。1926年5月12日上海小报《晶报》刊载一则《现代评论被收买?》的消息,引用《语丝》七十六期有关《现代评论》接受段祺瑞津贴的文字,唐有壬便于同月18日致函《晶报》辩解,并说:"《现代评论》被收买的消息,起源于俄国莫斯科。"

〔10〕 常燕生的言论,参看本书《吊与贺》。

〔11〕 成仿吾在《创造》季刊第二卷第二期(1924年1月)《〈呐喊〉的评论》中说:"《呐喊》出版之后,各种出版物差不多一齐为它呐喊,人人谈的总是它,然而我真费尽了莫大的力才得到了一部。里面有许多篇是我在报纸杂志上见过的,然而大都是作者的门人手编的,所以糟得很,这回由令弟周作人先生编了出来,真是好看多了。"

〔12〕 见冯乃超《艺术与社会生活》,参看本书第67页注〔2〕。

〔13〕 见李初梨《怎样地建设革命文学》,载《文化批判》第二号(1928年2月)。

〔14〕 "印贴利更追亚" 俄语 Интеллигенция 的音译,即知识分子。

〔15〕 高长虹在《狂飙》第五期(1926年11月7日)发表的《1925北京出版界形势指掌图》中,称鲁迅为"世故老人",又嘲讽他"入于心身交病之状况矣"。

〔16〕 克罗颇特庚(П. А. Кропоткин,1842—1921) 通译克鲁泡特金,俄国学者,无政府主义者。

〔17〕 林琴南的这篇影射小说,题为《荆生》,载于1919年2月17日上海《新申报》。

〔18〕 "大贫" 弱水在《谈现在中国的文学界》中说:"中国虽说

只有大贫小贫,没有悬殊的阶级,但小贫虽没有小到够得上人家资本阶级的资格,大贫大到够得上人家无产阶级的资格而有余!"按"大贫"一词,最初见于孙中山《三民主义·民生主义》:"中国人通通是贫,并没有大富,只有大贫小贫的分别。"

〔19〕 《鲁迅在广东》 钟敬文编。内收鲁迅到广州后,当时报刊所载有关鲁迅的文章十二篇,附鲁迅杂文和讲演记录四篇,1927年7月上海北新书局出版。关于"不朽"的话,见于《战线》周刊第一卷第二期(1928年4月8日)署名薤光的《"我来……"和"我去……"》一文,其中说:"看到了《鲁迅在广东》这本书,便单单看这可以诱惑人的书名……鲁迅是不朽了,编者钟敬文也不朽了。"

〔20〕 托罗兹基(Л. Д. Троцкий,1879—1940) 通译托洛茨基,苏俄政治家,参与领导十月革命,曾任革命军事委员会主席等职。列宁逝世后,成为联共(布)党内反对派领袖,1927年被开除出党,1929年被逐出境,后死于墨西哥。这里引述他的话,见《文学与革命》第八章《革命的与社会主义的艺术》。

革命咖啡店[1]

革命咖啡店的革命底广告式文字,[2]昨天在报章上看到了,仗着第四个"有闲",先抄一段在下面:

"……但是读者们,我却发现了这样一家我们所理想的乐园,我一共去了两次,我在那里遇见了我们今日文艺界上的名人,龚冰庐,鲁迅,郁达夫等。并且认识了孟超,潘汉年,叶灵凤等,他们有的在那里高谈着他们的主张,有的在那里默默沉思,我在那里领会到不少教益呢。……"

遥想洋楼高耸,前临阔街,门口是晶光闪灼的玻璃招牌,楼上是"我们今日文艺界上的名人",或则高谈,或则沉思,面前是一大杯热气蒸腾的无产阶级咖啡,远处是许许多多"醒醒的农工大众"[3],他们喝着,想着,谈着,指导着,获得着,那是,倒也实在是"理想的乐园"。

何况既喝咖啡,又领"教益"呢?上海滩上,一举两得的买卖本来多。大如弄几本杂志,便算革命;小如买多少钱书籍,即赠送真丝光袜或请吃冰淇淋——虽然我至今还猜不透那些惠顾的人们,究竟是意在看书呢,还是要穿丝光袜。至于咖啡店,先前只听说不过可以兼看舞女,使女,"以饱眼福"罢了。谁料这回竟是"名人",给人"教益",还演"高谈""沉思"

革命咖啡店

种种好玩的把戏,那简直是现实的乐园了。

但我又有几句声明——

就是:这样的咖啡店里,我没有上去过,那一位作者所"遇见"的,又是别一人。因为:一,我是不喝咖啡的,我总觉得这是洋大人所喝的东西(但这也许是我的"时代错误"[4]),不喜欢,还是绿茶好。二,我要抄"小说旧闻"之类,无暇享受这样乐园的清福。三,这样的乐园,我是不敢上去的,革命文学家,要年青貌美,齿白唇红,如潘汉年叶灵凤[5]辈,这才是天生的文豪,乐园的材料;如我者,在《战线》上就宣布过一条"满口黄牙"[6]的罪状,到那里去高谈,岂不亵渎了"无产阶级文学"么?还有四,则即使我要上去,也怕走不到,至多,只能在店后门远处彷徨彷徨,嗅嗅咖啡渣的气息罢了。你看这里面不很有些在前线的文豪么,我却是"落伍者",决不会坐在一屋子里的。

以上都是真话。叶灵凤革命艺术家曾经画过我的像[7],说是躲在酒坛的后面。这事的然否我不谈。现在所要声明的,只是这乐园中我没有去,也不想去,并非躲在咖啡杯后面在骗人。

杭州另外有一个鲁迅时,我登了一篇启事,"革命文学家"就挖苦了。[8]但现在仍要自己出手来做一回,一者因为我不是咖啡,不愿意在革命店里做装点;二是我没有创造社那么阔,有一点事就一个律师,两个律师。

八月十日。

117

＊　　＊　　＊

〔1〕 本篇最初刊于1928年8月13日《语丝》第四卷第三十三期郁达夫的《革命广告》之后，题作《鲁迅附记》，收入本书时改为现题。

〔2〕 指1928年8月8日《申报》"本埠增刊"所载的《珈啡座·上海珈啡》，作者署名慎之。《申报》，中国近代历史最久的综合性报纸，1872年（清同治十一年）4月30日由英商创办于上海，1909年后几度易主，至1949年5月26日停刊。该报最初的内容，除国内外新闻记事外，还刊载一些竹枝词、俗语、灯谜、诗文唱和等；这类作品的撰稿者多为当时所谓"才子"之类。

〔3〕 "龌龊的农工大众"　这是成仿吾的话。他在《创造月刊》第一卷第九期（载1928年2月）发表的《从文学革命到革命文学》中说："克服自己的小资产阶级的根性，把你的背对向那将被奥伏赫变的阶级，开步走，向那龌龊的农工大众！"

〔4〕 "时代错误"　成仿吾在《洪水》第三卷第二十五期（1927年1月）发表的《完成我们的文学革命》中，说当时的文学出版物"在创作上是时代错误的趣味的高调，在评论上是狂妄的瞎说的乱响"。

〔5〕 潘汉年（1906—1977）　江苏宜兴人，作家。叶灵凤（1904—1975），江苏南京人，作家、画家。他们都曾参加创造社。

〔6〕 "满口黄牙"　《流沙》第三期（1928年4月15日）刊有署名心光的《鲁迅在上海》一文，其中说："你看他近来在'华盖'之下哼出了一声'醉眼中的朦胧'来了。但他在这篇文章里消极的没有指摘出成仿吾等的错误，积极的他自己又不屑替我们青年指出一条出路来，他看见旁人的努力他就妒忌，他只是露出满口黄牙在那里冷笑。"

〔7〕 叶灵凤的画，载于上海《戈壁》第一卷第二期（1928年5

月)。参看本书第 124 页注〔12〕。

〔8〕 指收入本书的《在上海的鲁迅启事》。"革命文学家",指潘汉年。他在《战线》周刊第一卷第四期(1928 年 4 月 22 日)的《假鲁迅与真鲁迅》中,挖苦鲁迅的启事说:"那位少老先生,看中鲁迅的名字有如此魔力,所以在曼殊和尚坟旁 M 女(士)面前,题下这个'鲁迅游杭吊老友'的玩意儿,现在上海的鲁迅偏偏来一个启事……这一来岂不是明明白白叫以后要乞教或见访的女士们,认清本店老牌,只此一家,并无分出了吗?虽然上海的鲁迅启事,没有那个大舞台对过天晓得所悬那玩意儿强硬,至少也使得我们那位'本姓周或不姓周,而要姓周'的另一个鲁迅要显着原形哆嗦而发抖!这才是假关公碰到真关公,假鲁迅遇着真鲁迅!"

文坛的掌故[1]

来　信

编者先生：

由最近一个上海的朋友告诉我，"沪上的文艺界，近来为着革命文学的问题，闹得十分嚣。"有趣极了！这问题，在去年中秋前后，成都的文艺界，同样也剧烈的争论过。但闹得并不"嚣"，战区也不见扩大，便结束。大约除了成都，别处是很少知道有这一回事的。

现在让我来简约地说一说。

这争论的起原，已经过了长时期的酝酿。双方的主体——赞成革命文学的，是国民日报社。——怀疑他们所谓革命文学的，是九五日报社。最先还仅是暗中的鼎峙；接着因了国民政府在长江一带逐渐发展，成都的革命文学家，便投机似的成立了"革命文艺研究社"，来竭力鼓吹无产阶级的文学。而凑巧有个署名张拾遗君的《谈谈革命文学》一篇论文在那时出现。于是挑起了一班革命文学家的怒，两面的战争，便开始攻击。

至于两方面的战略：革命文学者以为一切都应该革命，要革命才有进步，才顺潮流。不革命便是封建社会的余孽，帝国主义的爪牙。同样和创造社是以唯物史观为根据的。——可是又无他们的彻底，而把"文学革命"与"革命文学"并为一谈。——反对者承认"革命文学"和"平民文学""贵族文学"同为文学上一种名词，与文学革命无关，而怀疑其像煞有介事的神圣不可侵犯。且文学不应如此狭义；何况革命的题材，未必多。即有，隔靴搔痒的写来，也未必好。是近乎有些"为艺术而艺术"的说法。加入这战团的，革命文学方面，多为"清一色"的会员；而反对系，则半属不相识的朋友。

这一场混战的结果，是由"革命文艺研究社"不欲延长战线，自愿休兵。但何故休兵，局外人是不能猜测的。

关于那次的文件，因"文献不足"，只好从略。

上海这次想必一定很可观。据我的朋友抄来的目录看，已颇有洋洋乎之概！可惜重庆方面，还没有看这些刊物的眼福！

这信只算预备将来"文坛的掌故"起见，并无挑拨，拥护任何方面的意思。

废话已说得不少，就此打住，敬祝
撰安！

徐匀[2]。十七年七月八日，于重庆。

回　　信

徐匀先生：

多谢你写寄"文坛的掌故"的美意。

从年月推算起来，四川的"革命文学"，似乎还是去年出版的一本《革命文学论集》[3]（书名大概如此，记不确切了，是丁丁编的)的余波。上海今年的"革命文学",不妨说是又一幕。至于"嚣"与不"嚣",那是要凭耳闻者的听觉的锐钝而定了。

我在"革命文学"战场上,是"落伍者",所以中心和前面的情状,不得而知。但向他们屁股那面望过去,则有成仿吾司令的《创造月刊》[4],《文化批判》,《流沙》[5],蒋光X(恕我还不知道现在已经改了那一字)拜帅的《太阳》[6],王独清领头的《我们》[7],青年革命艺术家叶灵凤独唱的《戈壁》[8];也是青年革命艺术家潘汉年编撰的《现代小说》[9]和《战线》;再加一个真是"跟在弟弟背后说漂亮话"的潘梓年的速成的《洪荒》[10]。但前几天看见K君对日本人的谈话(见《战旗》七月号)[11],才知道潘叶之流的"革命文学"是不算在内的。

含混地只讲"革命文学",当然不能彻底,所以今年在上海所挂出来的招牌却确是无产阶级文学,至于是否以唯物史观为根据,则因为我是外行,不得而知。但一讲无产阶级文学,便不免归结到斗争文学,一讲斗争,便只能说是最高的政治斗争的一翼。这在俄国,是正当的,因为正是劳农专政;在日本也还不打紧,因为究竟还有一点微微的出版自由,居然也还说可以组织劳动政党。中国则不然,所以两月前就变了相,不但改名"新文艺",并且根据了资产社会的法律,请律师大登其广告,来吓唬别人了。

向"革命的智识阶级"叫打倒旧东西,又拉旧东西来保护自己,要有革命者的名声,却不肯吃一点革命者往往难免的辛苦,于是不但笑啼俱伪,并且左右不同,连叶灵凤所抄袭来的"阴阳脸"[12],也还不足以淋漓尽致地为他们自己写照,我以为这是很可惜,也觉得颇寂寞的。

但这是就大局而言,倘说个人,却也有已经得到好结果的。例如成仿吾,做了一篇"开步走"和"打发他们去",又改换姓名(石厚生)做了一点"毕鲁迅"〔13〕之后,据日本的无产文艺月刊《战旗》七月号所载,他就又走在修善寺温泉的近旁(可不知洗了澡没有),并且在那边被尊为"可尊敬的普罗塔利亚特作家","从支那的劳动者农民所选出的他们的艺术家"了。

鲁迅。八月十日。

* * *

〔1〕 本篇最初发表于1928年8月20日《语丝》第四卷第三十四期,原题《通信·其一》,收入本书时改为现题。

〔2〕 徐匀 原名赵循伯(1908—1980),曾用名赵承志,笔名徐匀,重庆巴县人,剧作家。

〔3〕 《革命文学论集》 应为《革命文学论》,丁丁编。收入当时讨论革命文学的论文十七篇,1927年上海大新书局出版。

〔4〕 《创造月刊》 创造社主要文学刊物之一,1926年3月在上海创刊,1929年1月停刊。

〔5〕 《流沙》 创造社的综合性半月刊,1928年3月在上海创刊,出至第六期停刊。

〔6〕 《太阳》 即《太阳月刊》,太阳社主要文学刊物之一,1928年1月在上海创刊,出至第七期停刊。蒋光X,指蒋光慈(1901—1931),曾名蒋光赤(大革命失败后改赤为慈),安徽六安人,太阳社主要

成员之一,作家。著有诗集《新梦》,小说《短裤党》、《田野的风》等。

〔7〕 《我们》 即《我们月刊》,1928年5月在上海创刊,出至第三期停刊。创刊号上第一篇系王独清的《祝辞》。王独清(1898—1940),陕西西安人,创造社成员。

〔8〕 《戈壁》 半月刊,1928年5月在上海创刊,出至第四期停刊。

〔9〕 《现代小说》 月刊,1928年1月在上海创刊,1930年3月停刊。

〔10〕 《洪荒》 即《洪荒半月刊》,1928年5月在上海创刊,出至第三期停刊。

〔11〕 K君 指郭沫若(1892—1978),四川乐山人,文学家、历史学家和社会活动家。早年从事革命文化活动,是创造社的主要发起人。1926年投身北伐战争,1927年参加八一南昌起义,失败后旅居日本,从事中国古代史和古文字学的研究。抗日战争爆发后回国,在中国共产党领导下,组织和团结国统区进步文化人士从事抗日和民主运动。主要文学作品有诗集《女神》、历史剧《屈原》等。他和成仿吾与日本战旗社作家藤枝丈夫等的谈话,载于《战旗》1928年7月号。《战旗》,当时全日本无产者艺术联盟的机关刊物,1928年5月创刊,1930年6月停刊。

〔12〕 "阴阳脸" 《戈壁》第二期(1928年5月)刊有叶灵凤的一幅模仿西欧立体派的讽刺鲁迅的漫画,并附有说明:"鲁迅先生,阴阳脸的老人,挂着他已往的战绩,躲在酒缸的后面,挥着他'艺术的武器',在抵御着纷然而来的外侮。"

〔13〕 "趵鲁迅" 指《毕竟是"醉眼陶然"罢了》,载《创造月刊》第一卷第十一期(1928年5月)。其中说:"我们抱了绝大的好奇心在

等待拜见那勇敢的来将的花脸,我们想像最先跳出来的如不是在帝国主义国家学什么鸟文学的教授与名人,必定是在这一类人的影响下少年老成的末将。看呀!阿呀,这却有点奇怪!这位胡子先生倒是我们中国的 Don Quixte(珰吉诃德)——珰鲁迅!"珰,西班牙语 Don 的音译,通译堂,即先生。

文学的阶级性[1]

来　　信

鲁迅先生：

侍桁先生译林癸未夫著的《文学上之个人性与阶级性》,[2]本来这是一篇绝好的文章,但可惜篇末涉及唯物史观的问题,理论未免是勉强一点,也许是著者的误解唯物史观。他说：

"以这种理由若推论下去,有产者的个人性与无产者的个人性,'全个'是不相同的了。就是说不承认有产者与无产者之间有共同的人性。再换一句话说,有产者与无产者只是有阶级性,而全然缺少个人性的。"

这是什么话！唯物史观的理论,岂是这样简单的。它的理论并不否认个人性,因此,也不否认思想,道德,感情,艺术。但以性格,思想,道德,感情,艺术,都是受支配于经济的。林氏的文章是着意于个人性,我们就以个人性而论。譬如农村经济宗法社会里拿妻子为男子的财产,但是文化进步到今日的社会,就承认妻子有相当的人格。这个观念,当然是有产者和无产者所共同的。虽然是共同,却并非天赋的,仍然逃不了经济的支配。有产者和无产者物质生活上受经济的影响而有差等,个人性同样地受经济的影响而却是共同的。并不是有产者和无产者人性的共同而就是不受经济制度的影响了。

林氏以此而可以驳唯物史观,那末,何以不拿"人是同样的是圆顶方趾,要吃饭,要睡觉,是有产者和无产者所共同的"而来驳唯物史观,爽快得多了。

最后,我须声明:我是个资本主义制度下的职工。因为是职工,所以学识的谫陋是谁都可以肯定的。这文中自然有不少不能达意和不妥之处。但我希望有更了解马克思学说的人来为唯物史观打一打仗。

因为避学者嫌疑起见,以信底形式而写给鲁迅先生。能否发表,是编者的特权了。

恺良[3]于上海,一九二八,七,二八。

回　　信

恺良先生:

我对于唯物史观是门外汉,不能说什么。但就林氏的那一段文字而论,他将话两次一换,便成为"只有"和"全然缺少",却似乎决定得太快一点了。大概以弄文学而又讲唯物史观的人,能从基本的书籍上一一钩剔出来的,恐怕不很多,常常是看几本别人的提要就算。而这种提要,又因作者的学识意思而不同,有些作者,意在使阶级意识明了锐利起来,就竭力增强阶级性说,而别一面就也容易招人误解。作为本文根据的林氏别一篇论文,我没有见,不能说他是否因此而走了相反的极端,但中国却有此例,竟会将个性,共同的人性(即林氏之所谓个人性),个人主义即利己主义混为一谈,来加以自以为唯物史观底申斥,倘再有人据此来论唯物史观,那真是糟糕透顶了。

来信的"吃饭睡觉"的比喻,虽然不过是讲笑话,但脱罗兹基曾以对于"死之恐怖"〔4〕为古今人所共同,来说明文学中有不带阶级性的分子,那方法其实是差不多的。在我自己,是以为若据性格感情等,都受"支配于经济"(也可以说根据于经济组织或依存于经济组织)之说,则这些就一定都带着阶级性。但是"都带",而非"只有"。所以不相信有一切超乎阶级,文章如日月的永久的大文豪,也不相信住洋房,喝咖啡,却道"唯我把握住了无产阶级意识,所以我是真的无产者"的革命文学者。

有马克斯学识的人来为唯物史观打仗,在此刻,我是不赞成的。我只希望有切实的人,肯译几部世界上已有定评的关于唯物史观的书——至少,是一部简单浅显的,两部精密的——还要一两本反对的著作。那么,论争起来,可以省说许多话。

鲁迅。八月十日。

* * *

〔1〕 本篇最初发表于1928年8月20日《语丝》第四卷第三十四期,原题《通信·其二》,收入本书时改为现题。

〔2〕 侍桁 即韩侍桁(1908—1987),原名韩云浦,天津人,当时

的文学青年。他所译林癸未夫的文章,载《语丝》第四卷第二十九期(1928年7月),原文载日本《新潮》第九期(1926年),译文只是原文的第一段。作者在文中声称:"我是站在'否定唯物史观'的立脚点的"。林癸未夫(1883—1947),日本经济学家和社会学家。

〔3〕 恺良　李恺良(1907—1987),浙江桐乡人,1927年到上海当店员,业余从事世界语翻译,有译作《加尔》。

〔4〕 "死之恐怖"　见托洛茨基《文学与革命》第八章《革命的与社会主义的艺术》。

一九二九年

"革命军马前卒"和"落伍者"[1]

西湖博览会[2]上要设先烈博物馆了,在征求遗物。这是不可少的盛举,没有先烈,现在还拖着辫子也说不定的,更那能如此自在。

但所征求的,末后又有"落伍者的丑史",却有些古怪了。仿佛要令人于饮水思源以后,再喝一口脏水,历亲芳烈之余,添嗅一下臭气似的。

而所征求的"落伍者的丑史"的目录中,又有"邹容[3]的事实",那可更加有些古怪了。如果印本没有错而邹容不是别一人,那么,据我所知道,大概是这样的——

他在满清时,做了一本《革命军》[4],鼓吹排满,所以自署曰"革命军马前卒邹容"。后来从日本回国,在上海被捕,死在西牢里了,其时盖在一九〇二年。自然,他所主张的不过是民族革命,未曾想到共和,自然更不知道三民主义[5],当然也不知道共产主义。但这是大家应该原谅他的,因为他死得太早了,他死了的明年,同盟会[6]才成立。

听说中山先生的自叙上就提起他的,[7]开目录的诸公,何妨于公余之暇,去查一查呢?

后烈实在前进得快,二十五年前的事,就已经茫然了,可谓美史也已。

二月十七日。

*   *   *

〔1〕 本篇最初发表于1929年3月18日《语丝》第五卷第二期。

〔2〕 西湖博览会 当时国民党浙江省政府建设厅主办的一个物资交流性质的展览会,1929年6月6日在杭州西湖开幕,内设"革命纪念馆"。开幕前曾在报纸上刊登"征集革命纪念品"的广告。

〔3〕 邹容(1885—1905) 字蔚丹,四川巴县人,清末革命家。1902年春留学日本,宣传反清革命,回国后于1903年7月被清政府勾结上海英租界当局拘捕,判处监禁二年,1905年4月死于狱中。

〔4〕《革命军》 邹容著,章炳麟序,清光绪二十九年(1903)刊行,全书共七章。它揭露清朝政府的残酷统治,提出建立"自由独立"的"中华共和国"的理想,起了很大的革命鼓动作用。作者在自序后署"皇汉民族亡国后之二百六十年岁次癸卯三月日革命军中马前卒邹容记"。

〔5〕 三民主义 孙中山为中国资产阶级民主革命提出的原则和纲领,即民族主义、民权主义、民生主义。1924年孙中山在中国共产党帮助下,改组国民党,确定了联俄、联共、扶助农工的三大政策,重新解释三民主义,即新三民主义。蒋介石叛变革命后,背叛了三大政策,三民主义学说也被篡改。

〔6〕 同盟会 即中国革命同盟会,资产阶级的革命政党。1905年8月在孙中山领导下,以兴中会和华兴会为基础,联络光复会,成立于日本东京。它的政治纲领是推翻清朝政府,建立资产阶级民主共和国。

〔7〕 孙中山在《自传》中谈到清末反清运动时说:"在上海则有章太炎、吴稚晖、邹容等借《苏报》以鼓吹革命,为清廷所控,太炎、邹容被拘囚租界监狱,吴亡命欧洲。此案涉及清帝个人,为朝廷与人民聚讼之始,清朝以来未有也。清廷虽讼胜,而章、邹不过仅得囚禁两年而已。于是民气为之大壮。邹容著有《革命军》一书,为排满最激烈之言论,华侨极为欢迎,其开导华侨风气,为力甚大。"

《近代世界短篇小说集》小引[1]

一时代的纪念碑底的文章,文坛上不常有;即有之,也什九是大部的著作。以一篇短的小说而成为时代精神所居的大宫阙者,是极其少见的。

但至今,在巍峨灿烂的巨大的纪念碑底的文学之旁,短篇小说也依然有着存在的充足的权利。不但巨细高低,相依为命,也譬如身入大伽蓝[2]中,但见全体非常宏丽,眩人眼睛,令观者心神飞越,而细看一雕阑一画础,虽然细小,所得却更为分明,再以此推及全体,感受遂愈加切实,因此那些终于为人所注重了。

在现在的环境中,人们忙于生活,无暇来看长篇,自然也是短篇小说的繁生的很大原因之一。只顷刻间,而仍可借一斑略知全豹,以一目尽传精神,用数顷刻,遂知种种作风,种种作者,种种所写的人和物和事状,所得也颇不少的。而便捷,易成,取巧……这些原因还在外。

中国于世界所有的大部杰作很少译本,翻译短篇小说的却特别的多者,原因大约也为此。我们——译者的汇印这书,则原因就在此。贪图用力少,绍介多,有些不肯用尽呆气力的坏处,是自问恐怕也在所不免的。但也有一点只要能培一朵花,就不妨做做会朽的腐草的近于不坏的意思。还有,是要将零星的小品,聚在一本里,可以较不容易于散亡。

我们——译者,都是一面学习,一面试做的人,虽于这一点小事,力量也还很不够,选的不当和译的错误,想来是一定不免的。我们愿受读者和批评者的指正。

一九二九年四月二十六日,朝花社同人识。

* * *

〔1〕 本篇最初印入1929年4月出版的《近代世界短篇小说集(一)》。

《近代世界短篇小说集》,是鲁迅和柔石等创立的朝花社的出版物之一,分《奇剑及其他》和《在沙漠上》两集,收入比利时、捷克、法国、匈牙利、俄国和苏联、犹太、南斯拉夫、西班牙等国家和民族的短篇小说二十四篇。

〔2〕 伽蓝 梵语 Saṅghārāma(僧伽蓝摩)的略称,亦译作"众园"或"僧院",意思是僧众所住的园林,后泛指寺庙。

现今的新文学的概观[1]

——五月二十二日在燕京大学国文学会讲

这一年多,我不很向青年诸君说什么话了,因为革命以来,言论的路很窄小,不是过激,便是反动,于大家都无益处。这一次回到北平,几位旧识的人要我到这里来讲几句,情不可却,只好来讲几句。但因为种种琐事,终于没有想定究竟来讲什么——连题目都没有。

那题目,原是想在车上拟定的,但因为道路坏,汽车颠起来有尺多高,无从想起。我于是偶然感到,外来的东西,单取一件,是不行的,有汽车也须有好道路,一切事总免不掉环境的影响。文学——在中国的所谓新文学,所谓革命文学,也是如此。

中国的文化,便是怎样的爱国者,恐怕也大概不能不承认是有些落后。新的事物,都是从外面侵入的。新的势力来到了,大多数的人们还是莫名其妙。北平还不到这样,譬如上海租界,那情形,外国人是处在中央,那外面,围着一群翻译,包探,巡捕,西崽[2]……之类,是懂得外国话,熟悉租界章程的。这一圈之外,才是许多老百姓。

老百姓一到洋场,永远不会明白真实情形,外国人说"Yes"[3],翻译道,"他在说打一个耳光",外国人说"No"[4],

翻出来却是他说"去枪毙"。倘想要免去这一类无谓的冤苦，首先是在知道得多一点，冲破了这一个圈子。

在文学界也一样，我们知道得太不多，而帮助我们知识的材料也太少。梁实秋有一个白璧德，徐志摩[5]有一个泰戈尔胡适之有一个杜威[6]，——是的，徐志摩还有一个曼殊斐儿，他到她坟上去哭过，[7]——创造社有革命文学，时行的文学。不过附和的，创作的很有，研究的却不多，直到现在，还是给几个出题目的人们圈了起来。

各种文学，都是应环境而产生的，推崇文艺的人，虽喜欢说文艺足以煽起风波来，但在事实上，却是政治先行，文艺后变。倘以为文艺可以改变环境，那是"唯心"之谈，事实的出现，并不如文学家所豫想。所以巨大的革命，以前的所谓革命文学者还须灭亡，待到革命略有结果，略有喘息的余裕，这才产生新的革命文学者。为什么呢，因为旧社会将近崩坏之际，是常常会有近似带革命性的文学作品出现的，然而其实并非真的革命文学。例如：或者憎恶旧社会，而只是憎恶，更没有对于将来的理想；或者也大呼改造社会，而问他要怎样的社会，却是不能实现的乌托邦[8]；或者自己活得无聊了，便空泛地希望一大转变，来作刺戟，正如饱于饮食的人，想吃些辣椒爽口；更下的是原是旧式人物，但在社会里失败了，却想另挂新招牌，靠新兴势力获得更好的地位。

希望革命的文人，革命一到，反而沉默下去的例子，在中国便曾有过的。即如清末的南社[9]，便是鼓吹革命的文学团体，他们叹汉族的被压制，愤满人的凶横，渴望着"光复旧物"。但民国成立以后,倒寂然无声了。我想,这是因为他们的理想,是在革命以后,"重见汉官威仪[10]",峨冠博带。而事实并不这样,所以反而索然无味,不想执笔了。俄国的例子尤为明显,十月革命开初,也曾有许多革命文学家非常惊喜,欢迎这暴风雨的袭来,愿受风雷的试炼。但后来,诗人叶遂宁,小说家索波里自杀了,近来还听说有名的小说家爱伦堡[11]有些反动。这是什么缘故呢?就因为四面袭来的并不是暴风雨,来试炼的也并非风雷,却是老老实实的"革命"。空想被击碎了,人也就活不下去,这倒不如古时候相信死后灵魂上天,坐在上帝旁边吃点心的诗人们福气。[12]因为他们在达到目的之前,已经死掉了。

中国,据说,自然是已经革了命,——政治上也许如此罢,但在文艺上,却并没有改变。有人说,"小资产阶级文学之抬头"[13]了,其实是,小资产阶级文学在那里呢,连"头"也没有,那里说得到"抬"。这照我上面所讲的推论起来,就是文学并不变化和兴旺,所反映的便是并无革命和进步,——虽然革命家听了也许不大喜欢。

至于创造社所提倡的,更彻底的革命文学——无产阶级文学,自然更不过是一个题目。这边也禁,那边也禁的王独清的从上海租界里遥望广州暴动的诗,[14]"Pong Pong Pong",铅字逐渐大了起来,只在说明他曾为电影的字幕和上海的酱园招牌所感动,有模仿勃洛克的《十二个》之志而无其力和才。郭沫若的《一只手》[15]是很有人推为佳作的,但内容说一个革命者革命之后失了一只手,所余的一只还能和爱人握手的事,却未免"失"得太巧。五体,四肢之中,倘要失去其一,实在还不如一只手;一条腿就不便,头自然更不行了。只准备失去一只手,是能减少战斗的勇往之气的;我想,革命者所不惜牺牲的,一定不只这一点。《一只手》也还是穷秀才落难,后来终于中状元,谐花烛的老调。

　　但这些却也正是中国现状的一种反映。新近上海出版的革命文学的一本书的封面上,画着一把钢叉,这是从《苦闷的象征》[16]的书面上取来的,叉的中间的一条尖刺上,又安一个铁锤,这是从苏联的旗子上取来的。然而这样地合了起来,却弄得既不能刺,又不能敲,只能在表明这位作者的庸陋,——也正可以做那些文艺家的徽章。

　　从这一阶级走到那一阶级去,自然是能有的事,但最好是意识如何,便一一直说,使大众看去,为仇为友,了了分明。不要脑子里存着许多旧的残滓,却故意瞒了起来,演戏似的指着自己的鼻子道,"惟我是无产阶级!"现在的人们既然神经过敏,听到"俄"字便要气绝,连嘴唇也快要不准红了,对于出版物,这也怕,那也怕;而革命文学家又不肯多绍介别国的理论和作品,单是这样的指着自己的鼻子,临了便会像前清的"奉旨申斥"一样,令人莫名其妙的。

　　对于诸君,"奉旨申斥"大概还须解释几句才会明白罢。这是帝制时代的事。一个官员犯了过失了,便叫他跪在一个什么门外面,皇帝差一个太监来斥骂。这时须得用一点化费,那么,骂几句就完;倘若不用,他便从祖宗一直骂到子孙。这算是皇帝在骂,然而谁能去问皇帝,问他究竟可是要这样地骂呢？去年，据日本的杂志上说，成仿吾是由中国的农工大众选他往德国研究戏曲去了，我们也无从打听，究竟真是这样地选了没有。

所以我想，倘要比较地明白，还只好用我的老话，"多看外国书"，来打破这包围的圈子。这事，于诸君是不甚费力的。关于新兴文学的英文书或英译书，即使不多，然而所有的几本，一定较为切实可靠。多看些别国的理论和作品之后，再来估量中国的新文艺，便可以清楚得多了。更好是绍介到中国来；翻译并不比随便的创作容易，然而于新文学的发展却更有功，于大家更有益。

* * *

〔1〕 本篇最初发表于1929年5月25日北平《未名》半月刊第二卷第八期。

〔2〕 西崽 旧时对西洋人雇用的中国男仆的蔑称。

〔3〕 "Yes" 英语：是。

〔4〕 "No" 英语：不是。

〔5〕 徐志摩（1897—1931） 浙江海宁人，诗人，新月社主要成员。著有《志摩的诗》、《猛虎集》等。1924年4月泰戈尔访华时，他担任翻译，并在《小说月报》上多次发表颂扬泰戈尔的文章。

〔6〕 杜威（J. Dewey, 1859—1952） 美国哲学家，实用主义芝加哥学派的创始人。曾任芝加哥大学、哥伦比亚大学教授，美国哲学学会、美国大学教授联合会会长。1919年至1921年间曾到中国讲学，胡适担任翻译。他自称其实用主义哲学为经验自然主义和工具主义，认

为客观世界和主观意识都包括在"经验"的统一体之中,"经验"是二者的交互作用;思想不是客观世界的反映,而是人根据自身的需要提出的"假设"和设计的"工具",能够"兑现价值"和有用就是真理。主要著作有《哲学的改造》、《经验和自然》、《艺术即经验》等。胡适在美留学时曾师从杜威,是实用主义哲学的宣传者。

〔7〕 曼殊斐儿(K. Mansfield,1888—1923) 通译曼斯菲尔德,英国女作家。著有《幸福》、《鸽巢》等中短篇小说集。徐志摩翻译过她的作品。他在《自剖集·欧游漫记》中,说他曾在法国上过曼殊斐儿的坟:"我这次到欧洲来倒像是专做清明来的;我不仅上知名的或与我有关系的坟,……在枫丹薄罗上曼殊斐儿的坟。"

〔8〕 乌托邦 拉丁文 Utopia 的音译,源于英国汤姆士·莫尔在1516年所作的小说《乌托邦》。书中描写一种叫"乌托邦"的社会组织,寄托着作者空想社会主义的理想,由此"乌托邦"就成了"空想"的同义语。

〔9〕 南社 文学团体,1909年由柳亚子等人发起,成立于苏州,盛时有社员千余人。他们以诗文鼓吹反清革命。辛亥革命后发生分化,有的附和袁世凯,有的加入安福系、研究系等政客团体,只有少数人坚持进步立场。1923年解体。该社编印不定期刊《南社》,发表社员所作诗文,共出二十二集。

〔10〕 "汉官威仪" 指汉代叔孙通等人所制定的礼仪制度。《后汉书·光武帝纪》记载:王莽篡位失败被杀后,司隶校尉刘秀(即后来的汉光武帝)带了僚属到长安,当地吏士"及见司隶僚属,皆欢喜不自胜。老吏或垂涕曰:'不图今日复见汉官威仪'"。

〔11〕 爱伦堡(И. Г. Эренбург,1891—1967) 苏联作家。1910年开始文学活动,十月革命后参加苏维埃政府工作。二十年代的小说分

析和批判资本主义社会,也反映出自身矛盾复杂的心态,流露出对革命的怀疑和动摇的情绪,曾受到文艺界的批评。三十年代后写有反映苏联社会主义建设和表现反法西斯主题的作品。代表作有小说《巴黎的陷落》、《暴风雨》、《九级浪》等。

〔12〕 德国诗人海涅在诗集《还乡记》第六十六首中有这样的句子:"我梦见我自己做了上帝,昂然地高坐在天堂,天使们环绕在我身旁,不绝地称赞着我的诗章。 我在吃糕饼、糖果,喝着酒,和天使们一起欢宴,我享受着这些珍品,却无须破费一个小钱……。"

〔13〕 "小资产阶级文学之抬头" 见李初梨《对于所谓"小资产阶级革命文学"底抬头,普罗列塔利亚文学应该防御自己》(载 1928 年 12 月《创造月刊》第二卷第六期)。

〔14〕 指王独清的长诗《II Dec.》(《十二月十一日》),1928 年 11 月出版(未标出版处)。

〔15〕 《一只手》 短篇小说,载 1928 年《创造月刊》第一卷第九至十一期,内容和这里所说的有出入。该小说写一位童工在劳作时被机器切断一只手,激起工人的暴动。

〔16〕 《苦闷的象征》 文艺论文集,日本文艺评论家厨川白村作。鲁迅曾译成中文,1924 年 12 月北京新潮社出版。中译本的封面为陶元庆作。画面是一把钢叉叉着一个女人的舌头,象征"人间苦"。

"皇汉医学"[1]

革命成功[2]之后,"国术""国技""国花""国医"闹得乌烟瘴气之时,日本人汤本求真做的《皇汉医学》[3]译本也将乘时出版了。广告[4]上这样说——

"日医汤本求真氏于明治三十四年卒业金泽医学专门学校后应世多年觉中西医术各有所长短非比较同异舍短取长不可爰发愤学汉医历十八年之久汇集吾国历来诸家医书及彼邦人士研究汉医药心得之作著《皇汉医学》一书引用书目多至一百余种旁求博考洵大观也……"

我们"皇汉"人实在有些怪脾气的:外国人论及我们缺点的不欲闻,说好处就相信,讲科学者不大提,有几个说神见鬼的便绍介。这也正是同例,金泽医学专门学校卒业者何止数千人,做西洋医学的也有十几位了,然而我们偏偏刮目于可入《无双谱》[5]的汤本先生的《皇汉医学》。

小朋友梵儿[6]在日本东京,化了四角钱在地摊上买到一部冈千仞作的《观光纪游》[7],是明治十七年(一八八四)来游中国的日记。他看过之后,在书头卷尾写了几句牢骚话,寄给我了。来得正好,钞一段在下面:

"二十三日,梦香竹孙来访。……梦香盛称多纪氏[8]医书。余曰,'敝邦西洋医学盛开,无复手多纪氏书者,故贩原板上海书肆,无用陈余之刍狗[9]也。'曰,'多纪氏书,发仲景氏[10]微旨,他年日人必悔此事。'曰,'敝邦医术大开,译书续出,十年之后,中人争购敝邦译书,亦不可知。'梦香默然。余因以为合信氏医书(案:盖指《全体新论》[11]),刻于宁波,宁波距此咫尺,而梦香满口称多纪氏,无一语及合信氏者,何故也?……"(卷三《苏杭日记》下二页。)

冈氏于此等处似乎终于不明白。这是"四千余年古国古"[12]的人民的"收买废铜烂铁"[13]脾气,所以文人则"盛称多纪氏",武人便大买旧炮和废枪,给外国"无用陈余之刍狗"有一条出路。

冈氏距明治维新[14]后不久,还有改革的英气,所以他的日记里常有好意的苦言。革命底批评家或云与其看世纪末的烦琐隐晦没奈何之言,不如上观任何民族开国时文字,证以此事,是颇有一理的。

七月二十八日。

* * *

〔1〕 本篇最初发表于1929年8月5日《语丝》第五卷第二十二期。

"皇汉医学",日本应用中医原理来治病的医学。

〔2〕 革命成功 国民党于1927年发动"四一二"政变后,在南京建立"国民政府",自称"革命成功"。

〔3〕 汤本求真(1867—1941) 日本医生,汉医学家,著有《皇汉

医学》和《日医应用汉方释义》等。《皇汉医学》以中医理论为基础,阐述中医治疗的效用。前部以注解我国东汉张机的医学著作为主,后部分述中医方剂的主治症候。有周子叙的中译本,1930年9月上海中华书局出版。

〔4〕 这是中华书局的"《皇汉医学》出版预告",载1929年7月17日上海《新闻报》。

〔5〕 《无双谱》 清代金古良编绘,内收从汉到宋的"忠孝、才节、事功……妖佞之从来无有者"四十人的画像,并各附乐府诗一首,记其"生平大端"。

〔6〕 梵儿 即李秉中(1905—1940),四川彭县人。原是北京大学学生,后入黄埔军校,继去苏联、日本学习陆军,为国民党军官。早期与作者通信较多。鲁迅1929年7月22日日记:"收李秉中自日本所寄赠《观光纪游》一部三本。"

〔7〕 冈千仞(1833—1914) 日本人。清末曾到中国游历,著有《沪上》、《苏杭》、《燕京》、《粤南》等日记共十卷,总称《观光纪游》,1885年自费刊印。

〔8〕 多纪氏 即多纪蓝溪(1731—1801),名元悳,字仲明,日本内科医生。

〔9〕 刍狗 语出《老子》:"天地不仁,以万物为刍狗。"刍狗是古代祭祀时用草做成的狗,祭后即弃去,所以喻作轻贱无用之物。

〔10〕 仲景氏 张机,字仲景,南阳郡(今河南南阳市)人,东汉医学家。献帝建安中曾官长沙太守。著有《金匮要略》、《伤寒论》。

〔11〕 合信(B·Hobson,1816—1873) 通译本·霍布森,英国的教会传教医师,1839年(清道光十九年)来华行医。《全体新论》,合信在华编写的生理学著作,陈修堂译,1851年广东金利埠惠爱医局石印,

后在宁波等处刻印。按鲁迅在1929年10月22日致江绍原信中曾说:"括弧中《全体新论》下,乞添入'等五种'三字。"

〔12〕 "四千余年古国古" 语出清代黄遵宪《出军歌》:"四千余岁古国古,是我完全土。"(载1902年10月《新小说》第一号)

〔13〕 "收买废铜烂铁" 语出龚自珍《杭大宗逸事状》:"乙酉岁,纯皇帝南巡,大宗迎驾,召见,问汝何以为活?对曰:臣世骏开旧货摊。上曰:何谓开旧货摊?对曰:买破铜烂铁,陈于地卖之。上大笑,手书:'买卖破铜烂铁'六大字赐之。"

〔14〕 明治维新 指发生于日本明治年间(1868—1912)的维新运动。它结束了封建王朝德川幕府的统治,促进了资本主义在日本的发展。

《吾国征俄战史之一页》[1]

大家都说要打俄国,[2]或者"愿为前驱",或者"愿作后盾",连中国文学所赖以不坠的新月书店[3],也登广告出卖关于俄国的书籍两种,则举国之同仇敌忾也可知矣。自然,大势如此,执笔者也应当做点应时的东西,庶几不至于落伍。我于是在七月廿六日《新闻报》的《快活林》里,遇见一篇题作《吾国征俄战史之一页》的叙述详细而昏不可当的文章,可惜限于篇幅,只能摘抄:

"……乃尝读史至元成吉思汗[4]。起自蒙古。入主中夏。开国以后。奄有钦察阿速诸部。命速不台征蔑里吉[5]。复引兵绕宽田吉思海。转战至太和岭[6]。洎太宗七年。又命速不台为前驱。随诸王拔都。皇子贵由。皇侄哥等[7]伐西域。十年乃大举征俄。直逼耶烈赞城[8]。而陷莫斯科。太祖长子术赤[9]遂于其地即汗位。可谓破前古未有之纪载矣。夫一代之英主。开创之际。战胜攻取。用其兵威。不难统一区宇。史册所叙。纵极铺张。要不过禹域以内。讫无西至流沙。举朔北辽绝之地而空之。不特唯是。犹复鼓其余勇。进逼欧洲内地。而有欧亚混一之势者。谓非吾国战史上最有光彩最有荣誉之一页得乎……"

那结论是：

"……质言之。元时之兵锋。不仅足以扼欧亚之吭。而有席卷包举之气象。有足以壮吾国后人之勇气者。固自有在。余故备述之。以告应付时局而固边圉者。"

这只有这作者"清癯"先生是蒙古人，倒还说得过去。否则，成吉思汗"入主中夏"，术赤在墨斯科"即可汗位"，那时咱们中俄两国的境遇正一样，就是都被蒙古人征服的。为什么中国人现在竟来硬霸"元人"为自己的先人，仿佛满脸光彩似的，去骄傲同受压迫的斯拉夫种的呢？

倘照这样的论法，俄国人就也可以作"吾国征华史之一页"，说他们在元代奄有中国的版图。

倘照这样的论法，则即使俄人此刻"入主中夏"，也就有"欧亚混一之势"，"有足以壮吾国后人"之后人"之勇气者"矣。

嗟乎，赤俄未征，白痴已出，殊"非吾国战史上最有光彩最有荣誉之一页"也！

七月二十八日。

* * *

〔1〕 本篇最初发表于1929年8月5日《语丝》第五卷第二十二期。

〔2〕 1929年7月，国民党当局以武力接收中苏合办的中东铁路，双方发生冲突，国民党藉此掀起"反俄运动"。

〔3〕 新月书店　新月社的书店,1927年春成立于上海。该店为配合"反俄运动",曾再版了署名世界室主人的《苏俄评论》和徐志摩的《自剖》(第三辑为《游俄》),并刊登宣传广告。

〔4〕 成吉思汗(1162—1227)　名铁木真,古代蒙古族的领袖,十三世纪初统一了蒙古族各部落,建立蒙古汗国,被拥戴为王,称成吉思汗,后被尊为元太祖。他曾将蒙古汗国的版图扩展到中亚地区和南俄。后来他的继承者们征服了俄罗斯,建立钦察汗国;又灭了南宋,建立元朝。

〔5〕 速不台(1176—1248)　蒙古汗国大将。1216年春,成吉思汗命他征服蔑里吉。蔑里吉,通称蔑几乞,辽金时游牧于色楞格河流域的一个部落。

〔6〕 宽田吉思海　今译里海。太和岭,今译高加索。

〔7〕 拔都(1209—1256)　蒙古汗国大将,成吉思汗之孙。贵由(1206—1248),元太宗窝阔台的长子,后被尊为元定宗。哥,即蒙哥(1208—1259),窝阔台的侄子,后被尊为元宪宗。

〔8〕 耶烈赞城　今译梁赞,在莫斯科之南。

〔9〕 术赤(1177—1225)　蒙古汗国大将,成吉思汗长子。

叶永蓁作《小小十年》小引[1]

这是一个青年的作者,以一个现代的活的青年为主角,描写他十年中的行动和思想的书。

旧的传统和新的思潮,纷纭于他的一身,爱和憎的纠缠,感情和理智的冲突,缠绵和决撒的迭代,欢欣和绝望的起伏,都逐着这"小小十年"而开展,以形成一部感伤的书,个人的书。但时代是现代,所以从旧家庭所希望的"上进"而渡到革命,从交通不大方便的小县而渡到"革命策源地"的广州,从本身的婚姻不自由而渡到伟大的社会改革——但我没有发现其间的桥梁。

一个革命者,将——而且实在也已经(!)——为大众的幸福斗争,然而独独宽恕首先压迫自己的亲人,将枪口移向四面是敌,但又四不见敌的旧社会;一个革命者,将为人我争解放,然而当失去爱人的时候,却希望她自己负责,并且为了革命之故,不愿自己有一个情敌,——志愿愈大,希望愈高,可以致力之处就愈少,可以自解之处也愈多。——终于,则甚至闪出了惟本身目前的刹那间为惟一的现实一流的阴影。在这里,是屹然站着一个个人主义者,遥望着集团主义的大纛,但在"重上征途"[2]之前,我没有发现其间的桥梁。

释迦牟尼[3]出世以后,割肉喂鹰,投身饲虎的是小乘,渺渺茫茫地说教的倒算是大乘,总是发达起来,我想,那机微就在此。

然而这书的生命,却正在这里。他描出了背着传统,又为世界思潮所激荡的一部分的青年的心,逐渐写来,并无遮瞒,也不装点,虽然间或有若干辩解,而这些辩解,却又正是脱去了自己的衣裳。至少,将为现在作一面明镜,为将来留一种记录,是无疑的罢。多少伟大的招牌,去年以来,在文摊上都挂过了,但不到一年,便以变相和无物,自己告发了全盘的欺骗,中国如果还会有文艺,当然先要以这样直说自己所本有的内容的著作,来打退骗局以后的空虚。因为文艺家至少是须有直抒己见的诚心和勇气的,倘不肯吐露本心,就更谈不到什么意识。

我觉得最有意义的是渐向战场的一段,无论意识如何,总之,许多青年,从东江起,而上海,而武汉,而江西,为革命战斗了,其中的一部分,是抱着种种的希望,死在战场上,再看不见上面摆起来的是金交椅呢还是虎皮交椅。种种革命,便都是这样地进行,所以掉弄笔墨的,从实行者看来,究竟还是闲人之业。

这部书的成就,是由于曾经革命而没有死的青年。我想,活着,而又在看小说的人们,当有许多人发生同感。

技术,是未曾矫揉造作的。因为事情是按年叙述的,所以文章也倾泻而下,至使作者在《后记》里,不愿称之为小说[4],但也自然是小说。我所感到累赘的只是说理之处过于多,校读时删节了一点,倘使反而损伤原作了,那便成了校者的责任。还有好像缺点而其实是优长之处,是语汇的不丰,新文学兴起以来,未忘积习而常用成语如我的和故意作怪而乱用谁也不懂的生语如创造社一流的文字,都使文艺和大众隔离,这部书却加以扫荡了,使读者可以更易于了解,然而从中作梗的还有许多新名词。

通读了这部书,已经在一月之前了,因为不得不写几句,便凭着现在所记得的写了这些字。我不是什么社的内定的"斗争"的"批评家"之一员,只能直说自己所愿意说的话。我极欣幸能绍介这真实的作品于中国,还渴望看见"重上征途"以后之作的新吐的光芒。

一九二九年七月二十八日,于上海,鲁迅记。

*　　　　*　　　　*

〔1〕 本篇最初发表于1929年8月15日上海《春潮月刊》第一卷第八期。

叶永蓁(1908—1976),原名叶会西,浙江乐清人,第一次国内革命战争时期黄埔军校第五期学生,革命失败后一度寄居上海,后重为国民党军队的军官。《小小十年》是他的一部自传体长篇小说,1929年9月上海春潮书局出版。

〔2〕 "重上征途" 《小小十年》的最后一章。

〔3〕 释迦牟尼(Sakyamuni,约前565—前486) 佛教创始人。相传是北天竺迦毗罗卫国(在今尼泊尔境内)净饭王的儿子,二十九岁时出家修行,后"悟道成佛"。

〔4〕 小说作者在《后记》中说:"写到这里,总算有好几万字了。但我也不知道究竟写了些什么。小说吗?不像!散文吗?不像!"

柔石作《二月》小引[1]

冲锋的战士,天真的孤儿,年青的寡妇,热情的女人,各有主义的新式公子们,死气沉沉而交头接耳的旧社会,倒也并非如蜘蛛张网,专一在待飞翔的游人,但在寻求安静的青年的眼中,却化为不安的大苦痛。这大苦痛,便是社会的可怜的椒盐,和战士孤儿等辈一同,给无聊的社会一些味道,使他们无聊地持续下去。

浊浪在拍岸,站在山冈上者和飞沫不相干,弄潮儿则于涛头且不在意,惟有衣履尚整,徘徊海滨的人,一溅水花,便觉得有所沾湿,狼狈起来。这从上述的两类人们看来,是都觉得诧异的。但我们书中的青年萧君,便正落在这境遇里。他极想有为,怀着热爱,而有所顾惜,过于矜持,终于连安住几年之处,也不可得。他其实并不能成为一小齿轮,跟着大齿轮转动,他仅是外来的一粒石子,所以轧了几下,发几声响,便被挤到女佛山[2]——上海去了。

他幸而还坚硬,没有变成润泽齿轮的油。

但是,甓昙(释迦牟尼)从夜半醒来,目睹宫女们睡态之丑,于是慨然出家,而霍善斯坦因[3]以为是醉饱后的呕吐。那么,萧君的决心遁走,恐怕是胃弱而禁食的了,虽然我还无从明白其前因,是由于气质的本然,还是战后的暂时的劳顿。

我从作者用了工妙的技术所写成的草稿上,看见了近代青年中这样的一种典型,周遭的人物,也都生动,便写下一些印象,算是序文。大概明敏的读者,所得必当更多于我,而且由读时所生的诧异或同感,照见自己的姿态的罢?那实在是很有意义的。

　　一九二九年八月二十日,鲁迅记于上海。

＊　　＊　　＊

　　〔1〕 本篇最初发表于1929年9月1日上海《朝花旬刊》第一卷第十期。

　　柔石(1902—1931) 浙江宁海人。1917年赴台州,在浙江省立第六中学念书。1918年考入杭州浙江省立第一师范学校,1923年毕业。1925年春赴北京,在北京大学当旁听生,次年回浙江任镇海中学教员,后任教导主任。1927年任教于宁海中学,次年初任县教育局长。1928年5月宁海亭旁农民暴动失败,柔石受到威胁,遂到上海。1930年5月加入中国共产党。1931年1月17日,柔石、李伟森、胡也频、冯铿、殷夫五位"左联"作家遭国民党当局逮捕,2月7日被秘密杀害于上海龙华。《二月》,中篇小说,1929年11月上海春潮书局出版。

　　〔2〕 女佛山 小说《二月》中的一个地名。

　　〔3〕 霍善斯坦因(W. Hausenstein,1882—1957) 德国文艺批评家。这里所引他对于释迦牟尼出家的解释,见他的《艺术与社会·印度的社会和艺术》。

《小彼得》译本序[1]

这连贯的童话六篇，原是日本林房雄[2]的译本（一九二七年东京晓星阁出版），我选给译者，作为学习日文之用的。逐次学过，就顺手译出，结果是成了这一部中文的书。但是，凡学习外国文字的，开手不久便选读童话，我以为不能算不对，然而开手就翻译童话，却很有些不相宜的地方，因为每容易拘泥原文，不敢意译，令读者看得费力。这译本原先就很有这弊病，所以我当校改之际，就大加改译了一通，比较地近于流畅了。——这也就是说，倘因此而生出不妥之处来，也已经是校改者的责任。

作者海尔密尼亚·至尔·妙伦（Hermynia Zur Muehlen）[3]，看姓氏好像德国或奥国人，但我不知道她的事迹。据同一原译者所译的同作者的别一本童话《真理之城》（一九二八年南宋书院出版）的序文上说，则是匈牙利的女作家，但现在似乎专在德国做事，一切战斗的科学底社会主义的期刊——尤其是专为青年和少年而设的页子上，总能够看见她的姓名。作品很不少，致密的观察，坚实的文章，足够成为真正的社会主义作家之一人，而使她有世界的名声者，则大概由于那独创底的童话云。

不消说，作者的本意，是写给劳动者的孩子们看的，但输入中国,结果却又不如此。首先的缘故,是劳动者的孩子们轮不到受教育,不能认识这四方形的字和格子布模样的文章,所以在他们,和这是毫无关系,且不说他们的无钱可买书和无暇去读书。但是,即使在受过教育的孩子们的眼中,那结果也还是和在别国不一样。为什么呢?第一,还是因为文章,故事第五篇中所讽刺的话法的缺点,在我们的文章中可以说是几乎全篇都是。第二,这故事前四篇所用的背景,是:煤矿,森林,玻璃厂,染色厂;读者恐怕大多数都未曾亲历,那么,印象也当然不能怎样地分明。第三,作者所被认为"真正的社会主义作家"者,我想,在这里,有主张大家的生存权(第二篇),主张一切应该由战斗得到(第六篇之末)等处,可以看出,但披上童话的花衣,而就遮掉些斑斓的血汗了。尤其是在中国仅有几本这种的童话孤行,而并无基本底,坚实底的文籍相帮的时候。并且,我觉得,第五篇中银茶壶的话,太富于纤细的,琐屑的,女性底的色彩,在中国现在,或者更易得到共鸣罢,然而却应当忽略的。第四,则故事中的物件,在欧美虽然很普通,中国却纵是中产人家,也往往未曾见过。火炉即是其一;水瓶和杯子,则是细颈大肚的玻璃瓶和长圆的玻璃杯,在我们这里,只在西洋菜馆的桌上和汽船的二等舱中,可以见到。破雪草也并非我们常见的植物,有是有的,药书上称为"獐耳细辛"(多么烦难的名目呵!),是一种毛茛科的小草,叶上有毛,冬末就开白色或淡红色的小花,来"报告冬天就要收场的好消息"。日本称为"雪割草",就为此。破雪草又是日本名的意译,我曾用在《桃色的云》[4]上,现在也袭用了,似乎较胜于

"獐耳细辛"之古板罢。

总而言之,这作品一经搬家,效果已大不如作者的意料。倘使硬要加上一种意义,那么,至多,也许可以供成人而不失赤子之心的,或并未劳动而不忘勤劳大众的人们的一览,或者给留心世界文学的人们,报告现代劳动者文学界中,有这样的一位作家,这样的一种作品罢了。

原译本有六幅乔治·格罗斯[5](George Grosz)的插图,现在也加上了,但因为几经翻印,和中国制版术的拙劣,制版者的不负责任,已经几乎全失了原作的好处,——尤其是如第二图,——只能算作一个空名的绍介。格罗斯是德国人,原属踏踏主义(Dadaismus)者之一人,后来却转了左翼。据匈牙利的批评家玛察[6](I. Matza)说,这是因为他的艺术要有内容——思想,已不能被踏踏主义所牢笼的缘故。欧洲大战时候,大家用毒瓦斯来打仗,他曾画了一幅讽刺画[7],给钉在十字架上的耶稣的嘴上,也蒙上一个避毒的嘴套,于是很受了一场罚,也是有名的事,至今还颇有些人记得的。

一九二九年九月十五日,校讫记。

* * *

〔1〕 本篇最初印入1929年11月上海春潮书局出版的《小彼得》中译本。

《小彼得》,原名《小彼得的朋友们讲的故事》,由许霞(许广平)翻译,鲁迅校改。

〔2〕 林房雄(1903—1975) 日本作家,曾参加日本无产阶级文

艺联盟和全日本无产者艺术联盟,1930年被捕后发表"转向"声明,拥护天皇和军国主义。

〔3〕 海尔密尼亚·至尔·妙伦(1883—1951) 德国女作家。生于维也纳,童年随父到过欧亚不少国家。她熟悉工人生活,曾参加德国无产阶级文学活动。1933年在德国纳粹党压迫下,长期流亡国外。她的作品除《小彼得》和文中所说的《真理之城》外,还有《玫瑰》、《织毯工阿里》等。

〔4〕 《桃色的云》 俄国爱罗先珂作的童话剧,鲁迅的中文译本于1923年7月北京新潮社出版。

〔5〕 乔治·格罗斯(1893—1959) 德国讽刺画家,装帧设计家,1933年移居美国。

〔6〕 玛察(1893—?) 匈牙利文艺批评家,生于捷克,1923年移居苏联,从事艺术理论教学和研究工作。他对格罗斯的评论,见他所著《现代欧洲的艺术》(有冯雪峰中译本,1930年6月上海大江书铺出版)。

〔7〕 指格罗斯于1923年画的《耶稣受难像》。1925年他因画《资产阶级的镜子》,曾受到德国当局的审讯。

流氓的变迁[1]

孔墨都不满于现状,要加以改革,但那第一步,是在说动人主,而那用以压服人主的家伙,则都是"天"[2]。

孔子之徒为儒,墨子之徒为侠[3]。"儒者,柔也"[4],当然不会危险的。惟侠老实,所以墨者的末流,至于以"死"[5]为终极的目的。到后来,真老实的逐渐死完,止留下取巧的侠,汉的大侠,就已和公侯权贵相馈赠,[6]以备危急时来作护符之用了。

司马迁说:"儒以文乱法,而侠以武犯禁"[7],"乱"之和"犯",决不是"叛",不过闹点小乱子而已,而况有权贵如"五侯"[8]者在。

"侠"字渐消,强盗起了,但也是侠之流,他们的旗帜是"替天行道"。他们所反对的是奸臣,不是天子,他们所打劫的是平民,不是将相。李逵劫法场[9]时,抡起板斧来排头砍去,而所砍的是看客。一部《水浒》,说得很分明:因为不反对天子,所以大军一到,便受招安,替国家打别的强盗——不"替天行道"[10]的强盗去了。终于是奴才。

满洲入关,中国渐被压服了,连有"侠气"的人,也不敢再起盗心,不敢指斥奸臣,不敢直接为天子效力,于是跟一个好官员或钦差大臣,给他保镖,替他捕盗,一部《施公案》[11],也说得很分明,还有《彭公案》[12],《七侠五义》[13]之流,至今没有穷尽。他们出身清白,连先前也并无坏处,虽在钦差之下,究居平民之上,对一方面固然必须听命,对别方面还是大可逞雄,安全之度增多了,奴性也跟着加足。

然而为盗要被官兵所打,捕盗也要被强盗所打,要十分安全的侠客,是觉得都不妥当的,于是有流氓。和尚喝酒他来打,男女通奸他来捉,私娼私贩他来凌辱,为的是维持风化;乡下人不懂租界章程他来欺侮,为的是看不起无知;剪发女人他来嘲骂,社会改革者他来憎恶,为的是宝爱秩序。但后面是传统的靠山,对手又都非浩荡的强敌,他就在其间横行过去。现在的小说,还没有写出这一种典型的书,惟《九尾龟》[14]中的章秋谷,以为他给妓女吃苦,是因为她要敲人们竹杠,所以给以惩罚之类的叙述,约略近之。

由现状再降下去,大概这一流人将成为文艺书中的主角了,我在等候"革命文学家"张资平[15]"氏"的近作。

*　　　*　　　*

〔1〕 本篇最初发表于1930年1月1日上海《萌芽月刊》第一卷第一期。

〔2〕 "天"　指儒、墨两家著作中的所谓"天命"、"天意"。如《论语·季氏》:"君子有三畏:畏天命,畏大人,畏圣人之言。"《墨子·天志》:"顺天意者兼相爱,交相利,必得赏。反天意者别相恶,交相贼,必得罚。"

〔3〕 墨子(约前468—前376)　名翟,春秋战国之际鲁国人,墨

家学派的创始者。他的言行,经他的弟子及后学辑入《墨子》一书。墨子之徒多尚武。他死后,他的学派起分化,以宋钘、许行等为代表的正统派,到秦汉时演化成为游侠。

〔4〕 "儒者,柔也" 见许慎《说文解字》:"儒者,柔也,术士之称。"

〔5〕 "死" 指游侠中流行的所谓"其言必信,其行必果,已诺必诚,不爱其躯"(见《史记·游侠列传》)的一种侠义精神。这些游侠往往为某些权贵所豢养。"士为知己者死",是他们的道德观念。

〔6〕 汉代的大侠多和权贵交往勾结,如《汉书·游侠传》载,陈遵"居长安中,列侯近臣贵戚皆贵重之。牧守当之官,及郡国豪杰至京师者,莫不相因到遵门。"

〔7〕 "儒以文乱法,而侠以武犯禁" 语出《韩非子·五蠹》。司马迁在《史记·游侠列传》中也曾引用此语。

〔8〕 "五侯" 汉成帝(刘骜)河平二年(前27),外戚王谭、王逢时、王根、王立、王商兄弟五人同日封侯,当时称为"五侯"。据《汉书·游侠传》载,"五侯"豢养许多儒侠之士,其中大侠楼护(君卿)最受信用,是"五侯上客"。

〔9〕 李逵劫法场 见一百二十回本《水浒传》第四十回。

〔10〕 《水浒》 即《水浒传》,元末明初施耐庵作,是一部以北宋宋江领导的农民起义为题材的长篇小说。书中有宋江受朝廷招安后又去镇压方腊等农民起义军的情节。"替天行道"是宋江一贯打着的旗号。

〔11〕 《施公案》 清代公案小说,作者不详,共九十七回。写康熙年间施仕纶官江都知县至漕运总督时,黄天霸为他办案的故事,1838年印行。

〔12〕《彭公案》 清代公案小说,署贪梦道人作,共一百回。写康熙年间一帮江湖侠客为三河知县彭鹏办案的故事,1891年印行。

〔13〕《七侠五义》 原名《三侠五义》,清代侠义小说,署石玉昆述,入迷道人编订,共一百二十回。1879年印行,后经俞樾修订,1889年重印,改名《七侠五义》。前半部主要写包拯审案的故事,后半部主要写江湖侠客的活动。

〔14〕《九尾龟》 张春帆作,描写妓女生活的小说,1910年出版。

〔15〕 张资平(1893—1959) 广东梅县人,创造社早期成员,抗日战争时期任汪伪政府农矿部技正和日伪"兴亚建国运动"的"文化委员会"主席。他写过大量三角恋爱小说,在革命文学论争中,自称"转换方向"。

新月社批评家的任务[1]

新月社中的批评家[2],是很憎恶嘲骂的,但只嘲骂一种人,是做嘲骂文章者。新月社中的批评家,是很不以不满于现状的人为然的,但只不满于一种现状,是现在竟有不满于现状者。

这大约就是"即以其人之道,还治其人之身"[3],挥泪以维持治安的意思。

譬如,杀人,是不行的。但杀掉"杀人犯"的人,虽然同是杀人,又谁能说他错?打人,也不行的。但大老爷要打斗殴犯人的屁股时,皂隶来一五一十的打,难道也算犯罪么?新月社批评家虽然也有嘲骂,也有不满,而独能超然于嘲骂和不满的罪恶之外者,我以为就是这一个道理。

但老例,刽子手和皂隶既然做了这样维持治安的任务,在社会上自然要得到几分的敬畏,甚至于还不妨随意说几句话,在小百姓面前显显威风,只要不大妨害治安,长官向来也就装作不知道了。

现在新月社的批评家这样尽力地维持了治安,所要的却不过是"思想自由"[4],想想而已,决不实现的思想。而不料遇到了别一种维持治安法[5],竟连想也不准想了。从此以后,恐怕要不满于两种现状了罢。

※　　※　　※

〔1〕 本篇最初发表于1930年1月1日《萌芽月刊》第一卷第一期。

〔2〕 新月社中的批评家　指梁实秋。他在《新月》月刊第二卷第五号(1929年7月)发表的《论批评的态度》中,提倡"'严正'的批评",攻击"幽默而讽刺的文章"是"粗糙叫嚣的文字",指责"对于现状不满"的人只是"说几句尖酸刻薄的俏皮话"。

〔3〕 "即以其人之道,还治其人之身"　语出《中庸》宋代朱熹注。

〔4〕 "思想自由"　新月派当时曾提倡"思想自由"。如梁实秋在《新月》月刊第二卷第三号(1929年5月)《论思想统一》中说:"我们反对思想统一,我们要求思想自由"。

〔5〕 别一种维持治安法　指国民党的思想统制。当时新月派要求的"思想自由"也得不到允许,例如胡适在1929年《新月》月刊上先后发表《人权与约法》、《知难,行亦不易》等文,国民党当局认为他"批评党义"、"污辱总理",曾议决由教育部对胡适加以"警戒"。

书籍和财色[1]

今年在上海所见,专以小孩子为对手的糖担,十有九带了赌博性了,用一个铜元,经一种手续,可有得到一个铜元以上的糖的希望。但专以学生为对手的书店,所给的希望却更其大,更其多——因为那对手是学生的缘故。

书籍用实价,废去"码洋"的陋习,是始于北京的新潮社——北新书局[2]的,后来上海也多仿行,盖那时改革潮流正盛,以为买卖两方面,都是志在改进的人(书店之以介绍文化者自居,至今还时见于广告上),正不必先定虚价,再打折扣,玩些互相欺骗的把戏。然而将麻雀牌送给世界,且以此自豪的人民,对于这样简捷了当,没有意外之利的办法,是终于耐不下去的。于是老病出现了,先是小试其技:送画片。继而打折扣,自九折以至对折,但自然又不是旧法,因为总有一个定期和原因,或者因为学校开学,或者因为本店开张一年半的纪念之类。花色一点的还有赠丝袜,请吃冰淇淋,附送一只锦盒,内藏十件宝贝,价值不资。更加见得切实,然而确是惊人的,是定一年报或买几本书,便有得到"劝学奖金"一百元或"留学经费"二千元的希望。洋场上的"轮盘赌"[3],付给赢家的钱,最多也不过每一元付了三十六元,真不如买书,那"希望"之大,远甚远甚。

我们的古人有言，"书中自有黄金屋"，现在渐在实现了。但后一句，"书中自有颜如玉"[4]呢？

日报所附送的画报上，不知为了什么缘故而登载的什么"女校高材生"和什么"女士在树下读书"的照相之类，且作别论，则买书一元，赠送裸体画片的勾当，是应该举为带着"颜如玉"气味的一例的了。在医学上，"妇人科"虽然设有专科，但在文艺上，"女作家"分为一类[5]却未免滥用了体质的差别，令人觉得有些特别的。但最露骨的是张竞生[6]博士所开的"美的书店"，曾经对面呆站着两个年青脸白的女店员，给买主可以问她"《第三种水》出了没有？"等类，一举两得，有玉有书。可惜"美的书店"竟遭禁止。张博士也改弦易辙，去译《卢骚忏悔录》[7]，此道遂有中衰之叹了。

书籍的销路如果再消沉下去，我想，最好是用女店员卖女作家的作品及照片，仍然抽彩，给买主又有得到"劝学"，"留学"的款子的希望。

* * *

〔1〕 本篇最初发表于1930年2月1日《萌芽月刊》第一卷第二期。

〔2〕 新潮社　北京大学部分学生和教员组成的文化团体，主要成员有傅斯年、罗家伦、杨振声和周作人等。1918年底成立。1919年1月创办《新潮》月刊，次年八月起出版《新潮丛书》，1923年起出版《新潮社文艺丛书》。北新书局，1925年3月成立于北京，由原新潮社成员李小峰主持。当时主要出版新文艺书籍。

〔3〕 "轮盘赌" 欧洲赌场中的一种赌博方法,当时也盛行于上海租界。

〔4〕 "书中自有黄金屋" 见相传为宋真宗(赵恒)所作的《劝学文》:"读,读,读!书中自有黄金屋;读,读,读!书中自有千锺粟;读,读,读!书中自有颜如玉。"

〔5〕 "女作家"分为一类 张若谷曾编辑《女作家杂志》,1929年9月由上海女作家杂志社出版。

〔6〕 张竞生(1888—1970) 广东饶平人,法国巴黎大学哲学博士,曾任北京大学教授。著有《美的人生观》、《美的社会组织法》等。1926年起在上海编辑《新文化》月刊,1927年开设美的书店(不久即被封闭),宣传性文化。"第三种水"指女性性生活中的分泌物。美的书店曾出版他写的小册子《第三种水》。

〔7〕 《忏悔录》 卢梭于1778年写的自传体小说。张竞生曾翻译它的第一、二部分,1929年上海美的书店出版。

我和《语丝》的始终[1]

同我关系较为长久的,要算《语丝》了。

大约这也是原因之一罢,"正人君子"们的刊物,曾封我为"语丝派主将",连急进的青年所做的文章,至今还说我是《语丝》的"指导者"。去年,非骂鲁迅便不足以自救其没落的时候,我曾蒙匿名氏寄给我两本中途的《山雨》,打开一看,其中有一篇短文,大意是说我和孙伏园君在北京因被晨报馆所压迫,创办《语丝》,现在自己一做编辑,便在投稿后面乱加按语,曲解原意,压迫别的作者了,孙伏园君却有绝好的议论,所以此后鲁迅应该听命于伏园。[2] 这听说是张孟闻[3]先生的大文,虽然署名是另外两个字。看来好像一群人,其实不过一两个,这种事现在是常有的。

自然,"主将"和"指导者",并不是坏称呼,被晨报馆所压迫,也不能算是耻辱,老人该受青年的教训,更是进步的好现象,还有什么话可说呢。但是,"不虞之誉"[4],也和"不虞之毁"一样地无聊,如果生平未曾带过一兵半卒,而有人拱手颂扬道,"你真像拿破仑[5]呀!"则虽是志在做军阀的未来的英雄,也不会怎样舒服的。我并非"主将"的事,前年早已声辩了——虽然似乎很少效力——这回想要写一点下来的,是我从来没受过晨报馆的压迫,也并不是和孙伏园先生两个人创办了《语丝》。这的创办,倒要归功于伏园一位的。

那时伏园是《晨报副刊》[6]的编辑,我是由他个人来约,投些稿件的人。

然而我并没有什么稿件,于是就有人传说,我是特约撰述,无论投稿多少,每月总有酬金三四十元的。据我所闻,则晨报馆确有这一种太上作者,但我并非其中之一,不过因为先前的师生——恕我僭妄,暂用这两个字——关系罢,似乎也颇受优待:一是稿子一去,刊登得快;二是每千字二元至三元的稿费,每月底大抵可以取到;三是短短的杂评,有时也送些稿费来。但这样的好景象并不久长,伏园的椅子颇有不稳之势。因为有一位留学生[7](不幸我忘掉了他的名姓)新从欧洲回来,和晨报馆有深关系,甚不满意于副刊,决计加以改革,并且为战斗计,已经得了"学者"[8]的指示,在开手看 Anatole France[9] 的小说了。

那时的法兰斯,威尔士,萧,[10]在中国是大有威力,足以吓倒文学青年的名字,正如今年的辛克莱儿一般,所以以那时而论,形势实在是已经非常严重。不过我现在无从确说,从那位留学生开手读法兰斯的小说起到伏园气忿忿地跑到我的寓里来为止的时候,其间相距是几月还是几天。

"我辞职了。可恶!"

这是有一夜,伏园来访,见面后的第一句话。那原是意料中事,不足异的。第二步,我当然要问问辞职的原因,而不料竟和我有了关系。他说,那位留学生乘他外出时,到排字房去将我的稿子抽掉,因此争执起来,弄到非辞职不可了。但我并不气忿,因为那稿子不过是三段打油诗,题作《我的失恋》,是看见当时"阿呀阿唷,我要死了"之类的失恋诗盛行,故意做一首用"由她去罢"收场的东西,开开玩笑的。这诗后来又添了一段,登在《语丝》上,再后来就收在《野草》中。而且所用的又是另一个新鲜的假名,在不肯登载第一次看见姓名的作者的稿子的刊物上,也当然很容易被有权者所放逐的。

但我很抱歉伏园为了我的稿子而辞职,心上似乎压了一块沉重的石头。几天之后,他提议要自办刊物了,我自然答应愿意竭力"呐喊"。至于投稿者,倒全是他独力邀来的,记得是十六人,不过后来也并非都有投稿。于是印了广告,到各处张贴,分散,大约又一星期,一张小小的周刊便在北京——尤其是大学附近——出现了。这便是《语丝》。

那名目的来源,听说,是有几个人,任意取一本书,将书任意翻开,用指头点下去,那被点到的字,便是名称。那时我不在场,不知道所用的是什么书,是一次便得了《语丝》的名,还是点了好几次,而曾将不像名称的废去。但要之,即此已可知这刊物本无所谓一定的目标,统一的战线;那十六个投稿者,意见态度也各不相同,例如顾颉刚教授,投的便是"考古"稿子,不如说,和《语丝》的喜欢涉及现在社会者,倒是相反的。不过有些人们,大约开初是只在敷衍和伏园的交情的罢,所以投了两三回稿,便取"敬而远之"的态度,自然离开。连伏园自己,据我的记忆,自始至今,也只做过三回文字,末一回是宣言从此要大为《语丝》撰述,然而宣言之后,却连一个字也不见了。于是《语丝》的固定的投稿者,至多便只剩了五六人,但同时也在不意中显了一种特色,是:任意而谈,无所顾忌,要催促新的产生,对于有害于新的旧物,则竭力加以排击,——但应该产生怎样的"新",却并无明白的表示,而一到觉得有些危急之际,也还是故意隐约其词。陈源教授痛斥"语丝派"的时候,说我们不敢直骂军阀,而偏和握笔的名人为难,便由于这一点。[11]但是,叭儿狗险于叭狗主人,我们其实也知道的,所以隐约其词者,不过要使走狗嗅得,跑去献功时,必须详加说明,比较地费些力气,不能直捷痛快,就得好处而已。

当开办之际,努力确也可惊,那时做事的,伏园之外,我记得还有小峰和川岛[12],都是乳毛还未褪尽的青年,自跑印刷局,自去校对,自叠报纸,还自己拿到大众聚集之处去兜售,这真是青年对于老人,学生对于先生的教训,令人觉得自己只用一点思索,写几句文章,未免过于安逸,还须竭力学好了。

但自己卖报的成绩,听说并不佳,一纸风行的,还是在几个学校,尤其是北京大学,尤其是第一院(文科)。理科次之。在法科,则不大有人顾问。倘若说,北京大学的法,政,经济科出身诸君中,绝少有《语丝》的影响,恐怕是不会很错的。至于对于《晨报》的影响,我不知道,但似乎也颇受些打击,曾经和伏园来说和,伏园得意之余,忘其所以,曾以胜利者的笑容,笑着对我说道:

"真好,他们竟不料踏在炸药上了!"

这话对别人说是不算什么的。但对我说,却好像浇了一碗冷水,因为我即刻觉得这"炸药"是指我而言,用思索,做文章,都不过使自己为别人的一个小纠葛而粉身碎骨,心里就一面想：

"真糟，我竟不料被埋在地下了！"

我于是乎"彷徨"起来。

谭正璧[13]先生有一句用我的小说的名目，来批评我的作品的经过的极伶俐而省事的话道："鲁迅始于'呐喊'而终于'彷徨'"（大意），我以为移来叙述我和《语丝》由始以至此时的历史，倒是很确切的。

但我的"彷徨"并不用许多时，因为那时还有一点读过尼采的《Zarathustra》[14]的余波，从我这里只要能挤出——虽然不过是挤出——文章来，就挤了去罢，从我这里只要能做出一点"炸药"来，就拿去做了罢，于是也就决定，还是照旧投稿了——虽然对于意外的被利用，心里也耿耿了好几天。

《语丝》的销路可只是增加起来，原定是撰稿者同时负担印费的，我付了十元之后，就不见再来收取了，因为收支已足相抵，后来并且有了赢余。于是小峰就被尊为"老板"，但这推尊并非美意，其时伏园已另就《京报副刊》编辑之职，川岛还是捣乱小孩，所以几个撰稿者便只好辩住了多眨眼而少开口的小峰，加以荣名，勒令拿出赢余来，每月请一回客。这"将欲取之，必先与之"的方法果然奏效，从此市场中的茶居或饭铺的或一房门外，有时便会看见挂着一块上写"语丝社"的木牌。倘一驻足，也许就可以听到疑古玄同[15]先生的又快又响的谈吐。但我那时是在避开宴会的，所以毫不知道内部的情形。

我和《语丝》的渊源和关系，就不过如此，虽然投稿时多时少。但这样地一直继续到我走出了北京。到那时候,我还不知道实际上是谁的编辑。

到得厦门,我投稿就很少了。一者因为相离已远,不受催促,责任便觉得轻;二者因为人地生疏,学校里所遇到的又大抵是些念佛老妪式口角,不值得费纸墨。倘能做《鲁宾孙教书记》或《蚊虫叮卵脬论》,那也许倒很有趣的,而我又没有这样的"天才",所以只寄了一点极琐碎的文字。这年底到了广州,投稿也很少。第一原因是和在厦门相同的;第二,先是忙于事务,又看不清那里的情形,后来颇有感慨了,然而我不想在它的敌人的治下去发表。

不愿意在有权者的刀下,颂扬他的威权,并奚落其敌人来取媚,可以说,也是"语丝派"一种几乎共同的态度。所以《语丝》在北京虽然逃过了段祺瑞及其吧儿狗们的撕裂,但终究被"张大元帅"[16]所禁止了,发行的北新书局,且同时遭了封禁,其时是一九二七年。

这一年,小峰有一回到我的上海的寓居,提议《语丝》就要在上海印行,且嘱我担任做编辑。以关系而论,我是不应该推托的。于是担任了。从这时起,我才探问向来的编法。那很简单,就是:凡社员的稿件,编辑者并无取舍之权,来则必用,只有外来的投稿,由编辑者略加选择,必要时且或略有所删除。所以我应做的,不过后一段事,而且社员的稿子,实际上也十之九直寄北新书局,由那里径送印刷局的,等到我看见时,已在印钉成书之后了。所谓"社员",也并无明确的界限,最初的撰稿者,所余早已无多,中途出现的人,则在中途忽来忽去。因为《语丝》是又有爱登碰壁人物的牢骚的习气的，所以最初出阵，尚无用武之地的人，或本在别一团体，而发生意见，借此反攻的人，也每和《语丝》暂时发生关系，待到功成名遂，当然也就淡漠起来。至于因环境改变，意见分歧而去的，那自然尤为不少。因此所谓"社员"者，便不能有明确的界限。前年的方法，是只要投稿几次，无不刊载，此后便放心发稿，和旧社员一律待遇了。但经旧的社员绍介，直接交到北新书局，刊出之前，为编辑者的眼睛所不能见者，也间或有之。

经我担任了编辑之后，《语丝》的时运就很不济了，受了一回政府的警告，遭了浙江当局的禁止，还招了创造社式"革命文学"家的拚命的围攻。警告的来由，我莫名其妙，有人说是因为一篇戏剧[17]；禁止的缘故也莫名其妙，有人说是因为登载了揭发复旦大学内幕的文字，而那时浙江的党务指导委员[18]老爷却有复旦大学出身的人们。至于创造社派的攻击，那是属于历史底的了，他们在把守"艺术之宫"，还未"革命"的时候，就已经将"语丝派"中的几个人看作眼中钉的，叙事夹在这里太冗长了，且待下一回再说罢。

但《语丝》本身，却确实也在消沉下去。一是对于社会现象的批评几乎绝无，连这一类的投稿也少有，二是所余的几个较久的撰稿者，这时又少了几个了。前者的原因，我以为是在无话可说，或有话而不敢言，警告和禁止，就是一个实证。后者，我恐怕是其咎在我的。举一点例罢，自从我万不得已，选登了一篇极平和的纠正刘半农[19]先生的"林则徐被俘"之误的来信以后，他就不再有片纸只字；江绍原[20]先生绍介了一篇油印的《冯玉祥先生……》来,我不给编入之后,绍原先生也就从此没有投稿了。并且这篇油印文章不久便在也是伏园所办的《贡献》上登出,上有郑重的小序[21],说明着我托辞不载的事由单。

还有一种显著的变迁是广告的杂乱。看广告的种类,大概是就可以推见这刊物的性质的。例如"正人君子"们所办的《现代评论》上,就会有金城银行的长期广告,南洋华侨学生所办的《秋野》[22]上,就能见"虎标良药"的招牌。虽是打着"革命文学"旗子的小报,只要有那上面的广告大半是花柳药和饮食店,便知道作者和读者,仍然和先前的专讲妓女戏子的小报的人们同流,现在不过用男作家,女作家来替代了倡优,或捧或骂,算是在文坛上做工夫。《语丝》初办的时候,对于广告的选择是极严的,虽是新书,倘社员以为不是好书,也不给登载。因为是同人杂志,所以撰稿者也可行使这样的职权。听说北新书局之办《北新半月刊》,就因为在《语丝》上不能自由登载广告的缘故。但自从移在上海出版以后,书籍不必说,连医生的诊例也出现了,袜厂的广告也出现了,甚至于立愈遗精药品的广告也出现了。固然,谁也不能保证《语丝》的读者决不遗精,况且遗精也并非恶行,但善后办法,却须向《申报》之类,要稳当,则向《医药学报》的广告上去留心的。我因此得了几封诘责的信件,又就在《语丝》本身上登了一篇投来的反对的文章[23]。

但以前我也曾尽了我的本分。当袜厂出现时,曾经当面质问过小峰,回答是"发广告的人弄错的";遗精药出现时,是写了一封信,并无答复,但从此以后,广告却也不见了。我想,在小峰,大约还要算是让步的,因为这时对于一部分的作家,早由北新书局致送稿费,不只负发行之责,而《语丝》也因此并非纯粹的同人杂志了。

积了半年的经验之后,我就决计向小峰提议,将《语丝》停刊,没有得到赞成,我便辞去编辑的责任。小峰要我寻一个替代的人,我于是推举了柔石。

但不知为什么,柔石编辑了六个月,第五卷的上半卷一完,也辞职了。

以上是我所遇见的关于《语丝》四年中的琐事。试将前几期和近几期一比较,便知道其间的变化,有怎样的不同,最分明的是几乎不提时事,且多登中篇作品了,这是因为容易充满页数而又可免于遭殃。虽然因为毁坏旧物和戳破新盒子而露出里面所藏的旧物来的一种突击之力,至今尚为旧的和自以为新的人们所憎恶,但这力是属于往昔的了。

十二月二十二日。

* * *

〔1〕 本篇最初发表于1930年2月1日《萌芽月刊》第一卷第二期,发表时还有副题《"我所遇见的六个文学团体"之五》。

《语丝》,参看本书第7页注〔10〕。

〔2〕 《山雨》 半月刊,1928年8月在上海创刊,同年12月停刊。该刊第一卷第四期(1928年10月)发表署名西屏的《联想三则》,其中说:"《山雨》在《语丝》第四卷第十七期发表过一则讣闻(按指《偶

像与奴才》一文后所附致鲁迅信中说的《山雨》在宁波创刊未成一事），这在本刊第一期的发刊词已经提起过了。现在所以要重提者，则是关于鲁迅先生的事。鲁迅先生在那篇讣闻后面，附有复信，其辞曰：'读了来稿之后，我有些地方是不同意的。其一，便是我觉得自己也是颇喜欢输入洋文艺者之一。……'这几句话简直在派我是反对，或者客气一些说来是颇不喜欢输入洋文艺者之一。……推绎鲁迅先生之所以有这个误解者，大抵是我底去稿太坏之故，因为他是说'读了来稿之后'也。文字的题目是《偶像与奴才》，文中也颇引些外国名人的话，……我想这至少也可免去我是顽固而反对输入洋派的嫌疑吧，——然而仍然不免。因此，我联想起一件故事来。记得孙伏园先生编辑《晨报副刊》时，曾经登载打孔家店的老将吴虞底艳体诗，没有加以明白的说明，引起读者的责问，于是孙老先生就有《浅薄的读者》一篇教训文字，于是而有幽默的提倡。此时回想当日，觉得鲁迅先生似乎也有做伏园先生教训的读者之资格。"

〔3〕 张孟闻（1903—1993） 笔名西屏，浙江鄞县人，《山雨》半月刊的编者之一。1928年三、四月间，他和鲁迅关于《偶像与奴才》一文的通信，现收入《集外集拾遗补编》，题为《通讯（复张孟闻）》。

〔4〕 "不虞之誉" 语出《孟子·离娄（上）》："孟子曰：'有不虞之誉，有求全之毁。'"不虞，意料不到。

〔5〕 拿破仑 即拿破仑·波拿巴（Napoléon Bonaparte，1769—1821），法国军事家、政治家，法兰西第一帝国皇帝。他曾不断率军向外扩张，攻占意、奥、埃及，进攻俄国，多次打败反法联军，最终兵败滑铁卢，被流放。

〔6〕《晨报副刊》 研究系机关报《晨报》的副刊，1921年10月12日创刊。《晨报》在政治上拥护北洋政府，但《晨报副刊》在进步力量的推动下，一个时期内是赞助新文化运动的重要期刊之一。1921年秋

至1924年冬由孙伏园编辑。

〔7〕 指刘勉己,他在1924年回国后任《晨报》代理总编辑。

〔8〕 "学者" 指陈西滢。徐志摩在1926年1月13日《晨报副刊》《"闲话"引出来的闲话》中,说陈源"私淑"法朗士,学他已经"有根"了,"只有像西滢那样,……才当得起'学者'的名词"。

〔9〕 Anatole France 法兰斯(1844—1924),通译法朗士,法国作家。著有长篇小说《波纳尔之罪》、《黛依丝》、《企鹅岛》等。

〔10〕 威尔士(H.G. Wells,1866—1946) 英国作家,著有长篇小说《未来的世界》、《世界史纲》等。萧,即萧伯纳(1856—1950),英国剧作家、批评家。主要作品有剧本《华伦夫人的职业》、《巴巴拉少校》、《真相毕露》等。

〔11〕 陈源疑为涵庐(即高一涵)。1926年初,当鲁迅与陈源进行论战时,涵庐在《现代评论》第四卷第八十九期(1926年2月21日)的一则《闲话》中说:"我二十四分的希望一般文人收起互骂的法宝……万一骂溜了嘴,不能收束,正可以同那实在可骂而又实在不敢骂的人们,斗斗法宝,就是到天桥走走,似乎也还值得些!否则既不敢到天桥去,又不敢不骂人,所以专将法宝在无枪阶级的头上乱祭,那末,骂人诚然是骂人,却是高傲也难乎其为高傲罢。"按当时北京的刑场在天桥附近。

〔12〕 川岛 章廷谦(1901—1981),笔名川岛,浙江绍兴人,当时北京大学学生。

〔13〕 谭正璧(1901—1991) 江苏嘉定(今属上海)人,文学史家。他在《中国文学进化史》(1929年9月上海光华书局出版)中说:"鲁迅的小说集是《呐喊》和《彷徨》,许钦文、王鲁彦、老舍、芳草等和他是一派……这派作者,起初大都因耐不住沉寂而起来'呐喊',后来屡遭失望,所收获的只是异样的空虚,于是只有'彷徨'于十字街头了。"

〔14〕《Zarathustra》 即《扎拉图斯特拉如是说》,尼采于1883年至1885年写的哲学著作。书中借古代波斯的"圣者"扎拉图斯特拉宣扬超人学说。1920年8月10日,鲁迅译完尼采的《察拉图斯忒拉的序言》并作《译者附记》,载9月《新潮》第二卷第五期,署名唐俟。

〔15〕 疑古玄同 即钱玄同。

〔16〕"张大元帅" 即张作霖(1875—1928),辽宁海城人,奉系军阀首领。1924年起把持北洋政府,1927年6月自封"中华民国军政府陆海军大元帅"。他于1927年10月22日查封了北新书局和《语丝》。

〔17〕指《语丝》第四卷第十二期(1928年3月19日)白薇作的独幕剧《革命神的受难》。该剧中有革命神斥责一个军官的台词:"原来你是民国英雄,是革命军的总指挥么?""你阳假革命的美名,阴行你吃人的事实。"这实际上是影射蒋介石的,因此《语丝》就受到国民党当局的"警告"。

〔18〕 浙江的党务指导委员 指许绍棣(1898—1980),字萼如,浙江临海人。1924年毕业于复旦大学,曾任国民党浙江省党部宣传部长、浙江省教育厅厅长等。《语丝》第四卷第三十二期(1928年8月6日)刊载了读者冯珧《谈谈复旦大学》一文,揭露复旦大学内部一些腐败情况。出身于该校的许绍棣便于1928年9月,用国民党浙江省党务指导委员会的名义,以"言论乖谬,存心反动"的罪名,在浙江查禁了《语丝》并其他书刊十五种。

〔19〕刘半农(1891—1934) 名复,江苏江阴人,作家。当时是北京大学教授,《语丝》经常撰稿人之一。他在《语丝》第四卷第九期(1928年2月27日)发表《杂览之十六·林则徐照会英吉利国王公文》,其中说林被英人俘虏,并且"明正了典刑,在印度异尸游街"。《语

丝》第四卷第十四期刊登了读者洛卿的来信,指出了这一错误。

〔20〕 江绍原(1898—1983) 安徽旌德人。当时北京大学讲师,《语丝》撰稿人之一。

〔21〕 《贡献》 旬刊,国民党改组派的刊物,1927年12月5日创刊于上海。该刊第三卷第一期(1928年6月5日)发表简又文的《我所认识的冯玉祥及西北军》,同时登载江绍原的介绍文章,其中说:"同学简又文先生,最近和我通信,里面附有他著的小册子(十六年十一月在旅沪广东学校联合会所讲)《我所认识的冯玉祥及西北军》,并问《语丝》能否登载。但《语丝》向来不转载已经印出之刊物(鲁迅先生复函中语),现在我便自动将它介绍给孙伏园先生主编的《贡献》。我想注意冯氏及其军队的人们,必乐于参考简又文先生的观察和意见。"

〔22〕 《秋野》 月刊,上海暨南大学华侨学生组织的秋野社编辑,1927年11月创刊,次年十月停刊。

〔23〕 指《语丝》第五卷第四期(1929年4月)的《建议撤销广告》。

鲁迅译著书目

一九二一年

《工人绥惠略夫》(俄国 M·阿尔志跋绥夫作中篇小说。商务印书馆印行《文学研究会丛书》之一,后归北新书局,为《未名丛刊》之一,今绝版。)

一九二二年

《一个青年的梦》(日本武者小路实笃作戏曲。商务印书馆印行《文学研究会丛书》之一,后归北新书局,为《未名丛刊》之一,今绝版。)

《爱罗先珂童话集》(商务印书馆印行《文学研究会丛书》之一。)

一九二三年

《桃色的云》(俄国 V.爱罗先珂作童话剧。北新书局印行《未名丛刊》之一。)

《呐喊》(短篇小说集,一九一八至二二年作,共十四篇。印行所同上。)

《中国小说史略》上册(改订之北京大学文科讲义。印行所同上。)

一九二四年

《苦闷的象征》(日本厨川白村作论文。北新书局印行《未名丛刊》之一。)

《中国小说史略》下册(印行所同上。后合上册为一本。)

一九二五年

《热风》(一九一八至二四年的短评。印行所同上。)

一九二六年

《彷徨》(短篇小说集之二,一九二四至二五年作,共十一篇。印行所同上。)

《华盖集》(短评集之二,皆一九二五年作。印行所同上。)

《华盖集续编》(短评集之三,皆一九二六年作。印行所同上。)

《小说旧闻钞》(辑录旧文,间有考正。印行所同上。)

《出了象牙之塔》(日本厨川白村作随笔,选译。未名社印行《未名丛刊》之一,今归北新书局。)

一九二七年

《坟》(一九〇七至二五年的论文及随笔。未名社印行。今版被抵押,不能印。)

《朝华夕拾》(回忆文十篇。未名社印行《未名新集》之一。今版被抵押,由北新书局另排印行。)

《唐宋传奇集》十卷(辑录并考正。北新书局印行。)

一九二八年

《小约翰》(荷兰F.望·蔼覃作长篇童话。未名社印行
　　《未名丛刊》之一。今版被抵押,不能印。)

《野草》(散文小诗。北新书局印行。)

《而已集》(短评集之四,皆一九二七年作。印行所
　　同上。)

《思想山水人物》(日本鹤见祐辅作随笔,选译。印行所
　　同上,今绝版。)

一九二九年

《壁下译丛》(译俄国及日本作家与批评家之论文集。印
　　行所同上。)

《近代美术史潮论》(日本板垣鹰穗作。印行所同上。)

《蕗谷虹儿画选》(并译题词。朝华社印行《艺苑朝华》之
　　一,今绝版。)

《无产阶级文学的理论与实际》(日本片上伸作。大江书
　　店印行《文艺理论小丛书》之一。)

《艺术论》(苏联A.卢那卡尔斯基作。印行所同上。)

一九三〇年

《艺术论》(俄国G.蒲力汗诺夫作。光华书局印行《科学

的艺术论丛书》之一。）

《文艺与批评》（苏联卢那卡尔斯基作论文及演说。水沫书店印行同丛书之一。）[1]

《文艺政策》（苏联关于文艺的会议录及决议。并同上。）

《十月》（苏联 A.雅各武莱夫作长篇小说。神州国光社收稿为《现代文艺丛书》之一，今尚未印。）

一 九 三 一 年

《药用植物》（日本刈米达夫作。商务印书馆收稿，分载《自然界》中。）

《毁灭》（苏联 A·法捷耶夫作长篇小说。三闲书屋印行。）

译著之外，又有

所校勘者，为：

唐刘恂《岭表录异》三卷（以唐宋类书所引校《永乐大典》本，并补遗。未印。）

魏中散大夫《嵇康集》十卷（校明丛书堂钞本，并补遗。未印。）

所纂辑者,为:

《古小说钩沈》三十六卷(辑周至隋散逸小说。未印。)

谢承《后汉书》辑本五卷(多于汪文台辑本。未印。)

所编辑者,为:

《莽原》(周刊。北京《京报》附送,后停刊。)

《语丝》(周刊。所编为在北平被禁,移至上海出版后之第四卷至第五卷之半。北新书局印行,后废刊。)

《奔流》(自一卷一册起,至二卷五册停刊。北新书局印行。)

《文艺研究》(季刊。只出第一册。大江书店印行。)

所选定,校字者,为:

《故乡》(许钦文作短篇小说集。北新书局印行《乌合丛书》之一。)

《心的探险》(长虹作杂文集。同上。)

《飘渺的梦》(向培良作短篇小说集。同上。)

《忘川之水》(真吾诗选。北新书局印行。)

所校订,校字者,为:

《苏俄的文艺论战》(苏联褚沙克等论文,附《蒲力汗诺夫与艺术问题》,任国桢译。北新书局印行《未名丛刊》之一。)

《十二个》(苏联 A.勃洛克作长诗,胡斆译。同上。)

《争自由的波浪》(俄国 V.但兼珂等作短篇小说集,董秋芳译。同上。)

《勇敢的约翰》(匈牙利裴多菲·山大作民间故事诗,孙用译。湖风书局印行。)

《夏娃日记》(美国马克·土温作小说,李兰译。湖风书局印行《世界文学名著译丛》之一。)

所校订者,为:

《二月》(柔石作中篇小说。朝华社印行,今绝版。)

《小小十年》(叶永蓁作长篇小说。春潮书局印行。)

《穷人》(俄国 F.陀思妥夫斯基作小说,韦丛芜译。未名社印行《未名丛书》之一。)

《黑假面人》(俄国 L.安特来夫作戏曲,李霁野译。同上。)

《红笑》(前人作小说,梅川译。商务印书馆印行。)

《小彼得》(匈牙利 H.至尔·妙伦作童话,许霞译。朝华社印行,今绝版。)

《进化与退化》(周建人所译生物学的论文选集。光华书局印行。)

《浮士德与城》(苏联 A.卢那卡尔斯基作戏曲,柔石译。神州国光社印行《现代文艺丛书》之一。)

《静静的顿河》(苏联 M.唆罗诃夫作长篇小说,第一卷,贺非译。同上。)

《铁甲列车第一四——六九》(苏联 V.伊凡诺夫作小说,侍桁译。同上,未出。)

所印行者,为:

《士敏土之图》(德国 C.梅斐尔德木刻十幅。珂罗版印。)

《铁流》(苏联 A.绥拉菲摩维支作长篇小说,曹靖华译。)

《铁流之图》(苏联 I.毕斯凯莱夫木刻四幅。印刷中,被炸毁。)

我所译著的书,景宋[2]曾经给我开过一个目录,《关于鲁迅及其著作》[3]里,但是并不完全的。这回因载在为开手编集杂感,打开了装着和我有关的书籍的书箱,就顺便另抄了一张书目,如上。

我还要将这附在《三闲集》的末尾。这目的,是为着自己,也有些为着别人。据书目察核起来,我在过去的近十年中,费去的力气实在也并不少,即使校对别人的译著,也真是一个字一个字的看下去,决不肯随便放过,敷衍作者和读者的,并且毫不怀着有所利用的意思。虽说做这些事,原因在于"有闲",但我那时却每日必须将八小时为生活而出卖,用在译作和校对上的,全是此外的工夫,常常整天没有休息。倒是近四五年没有先前那么起劲了。

但这些陆续用去了的生命,实不只成为徒劳,据有些批评家言,倒都是应该从严发落的罪恶。做了"众矢之的"者,也已经四五年,开首是"作恶",后来是"受报"了,有几位论客,还几分含讥,几分恐吓,几分快意的这样"忠告"我。然而我自己却并不全是这样想,我以为我至今还是存在,只有将近十年没有创作,而现在还有人称我为"作者",却是很可笑的。

我想,这缘故,有些在我自己,有些则在于后起的青年的。在我自己的,是我确曾认真译著,并不如攻击我的人们所说的取巧,的投机。所出的许多书,功罪姑且弗论,即使全是罪恶罢,但在出版界上,也就是一块不小的斑痕,要"一脚踢开",必须有较大的腿劲。凭空的攻击,似乎也只能一时收些效验,而最坏的是他们自己又忽而影子似的淡去,消去了。

但是,试再一检我的书目,那些东西的内容也实在穷乏得可以。最致命的,是:创作既因为我缺少伟大的才能,至今没有做过一部长篇;翻译又因为缺少外国语的学力,所以徘徊观望,不敢译一种世上著名的巨制。后来的青年,只要做出相反的一件,便不但打倒,而且立刻会跨过的。但仅仅宣传些在西湖苦吟什么出奇的新诗,在外国创作着百万言的小说之类却不中用。因为言太夸则实难副,志极高而心不专,就永远只能得传扬一个可惊可喜的消息;然而静夜一想,自觉空虚,便又不免焦躁起来,仍然看见我的黑影遮在前面,好像一块很大的"绊脚石"[4]了。

对于为了远大的目的,并非因个人之利而攻击我者,无论用怎样的方法,我全都没齿无怨言。但对于只想以笔墨问世的青年,我现在却敢据几年的经验,以诚恳的心,进一个苦口的忠告。那就是:不断的(!)努力一些,切勿想以一年半载,几篇文字和几本期刊,便立了空前绝后的大勋业。还有一点,是:不要只用力于抹杀别个,使他和自己一样的空无,而必须跨过那站着的前人,比前人更加高大。初初出阵的时候,幼稚和浅薄都不要紧,然而也须不断的(!)生长起来才好。并不明白文艺的理论而任意做些造谣生事的评论,写几句闲话便要扑灭异己的短评,译几篇童话就想抹杀一切的翻译,归根结蒂,于己于人,还都是"可怜无益费精神"[5]的事,这也就是所谓"聪明误"[6]了。

当我被"进步的青年"[7]们所口诛笔伐的时候,我"还不到五十岁",现在却真的过了五十岁了,据卢南[8](E. Renan)说,年纪一大,性情就会苛刻起来。我愿意竭力防止这弱点,因为我又明明白白地知道:世界决不和我同死,希望是在于将来的。但灯下独坐,春夜又倍觉凄清,便在百静中,信笔写了这一番话。

一九三二年四月二十九日,鲁迅于沪北寓楼记。

* * *

〔1〕 应为1929年10月出版。

〔2〕 景宋　许广平(1898—1968),笔名景宋,广东番禺人,鲁迅

夫人。著有《欣慰的纪念》、《关于鲁迅的生活》、《鲁迅回忆录》等。

〔3〕 《关于鲁迅及其著作》 台静农编，收入当时关于《呐喊》的评论和鲁迅访问记等十四篇，1926年7月未名社出版。

〔4〕 "绊脚石" 高长虹曾在《狂飙》周刊第十期（1926年12月12日）的《琐记两则》中，暗指鲁迅为"青年作者"的"绊脚石"说："我所唯一希望于已成名之作者，则彼等如无赏鉴青年艺术运动的特识，而亦无帮助青年艺术运动之雅量者，至少亦希望彼等勿挟其历史的势力，而倒卧在青年的脚下以行其绊脚石式的开倒车狡计，亦勿一面介绍外国作品，一面则蝎子撩尾以中伤青年作者的豪兴也！"

〔5〕 "可怜无益费精神" 语出韩愈诗《赠崔立之评事》："可怜无益费精神，有似黄金掷虚牝。"

〔6〕 "聪明误" 语出苏轼《洗儿戏作诗》："人皆养子望聪明，我被聪明误一生。"

〔7〕 "进步的青年" 指高长虹。他在《狂飙》周刊第五期（1926年11月7日）《1925北京出版界形势指掌图》中说："鲁迅去年不过四十五岁……，如自谓老人，是精神的堕落！"

〔8〕 卢南（1823—1892） 法国作家。著有《耶稣传》等。